어떤 고독은 외롭지 않다

THE ART OF SOLITUDE

This collection first published 2020 by Macmillan Collector's Library
an imprint of Pan Macmillan
Selection, introduction and author biographies © Zachary Seager, 2020

Korean translation copyright © Influential, Inc., 2022
Korean translation rights arranged with Macmillan Publishers International Ltd.
through EYA (Eric Yang Agency).

The Art of Solitude

어떤 고독은 외롭지 않다

우리가 사랑한 작가들의
낭만적 은둔의 기술

재커리 시거 엮음
박산호 옮김

INFLUENTIAL
인 플 루 엔 셜

차례

우리는 그 어느 때보다 연결돼 있다. 혹은 그렇다고들 말한다. 고작 몇 시간 만에 다른 대륙으로 갈 수 있고, 언제 어디서든 친구나 가족과 이야기를 나눌 수 있다. 심지어 노트북과 휴대전화 화면으로 서로의 얼굴을 볼 수도 있다. 우리는 더 이상 외로워질 리 없다.

그런데도 우리는 그 어느 때보다 더 큰 외로움을 느끼고 있다. 매일 아침 통근 열차에서 주위 사람들과 시선을 마주치지 않으려 하고, 유튜브나 SNS를 보면서 다른 사람들의 인생을 생각하며 시간을 흘려보낸다. 우리는 사람들의 바다에서 이리저리 표류하며 끝없이 외롭다고 느낀다.

사람들로 북적거리는 대도시 속, 인터넷을 통해 쉴 없이 연결된 상황에서 다른 사람들과 더 가까워질수록 점점 더 외로워진다는 점은 역설적이다. 이런 관점에서 현대의 역사는 고독의 역사이기도 하다.

우리는 좀 더 의미 있는 관계를 만들고, 사회에서 그 나름의 역할을 맡아 적극적으로 수행하거나, 기존의 관계들에 더 관심을 기울이는 식으로 고독에 대처할 수 있다. 하지만 혼자인 채로 편안해지는 법을 배울 수도 있다. 혼자인 채 행복해지고, 성장하는 법까지 배울 수 있는 것이다. 미국의 시인 메리앤 무어는 말했다. "외로움의 치료제는 고독이다." 타인과 함께 있지 않다고 해서 박탈감을 느끼는 대신, 우리 스스로 자신 안에 무한한 세계를 품고 살아가는 존재라는 점을 자각하고, 홀로 있을 때도 만족을 느낄 수 있어야 한다. 사람은 군중 속에서도 처절한 외로움을 느낄 수 있지만, 산 정상에 혼자 있어도 완전한 충족감을 느낄 수 있다.

이 책에서 선정한 글에서는 예술가, 활동가, 종교인

등 여러 작가가 혼자라는 것의 의미, 고독을 추구하길 바라는 이유, 고독과 사교의 균형을 잡는 방법, 충만한 삶을 위해 어느 정도의 고독이 왜 필요한지에 대해 깊이 반추한다. 무엇보다 이 책의 독특한 매력은 역사적으로 그리고 세계적으로 다양한 사람들이 저마다 고독을 해결한 방법에 있다.

고전주의가 지배한 세계에서는 지나친 고독을 경계했다. 소크라테스는 반성하지 않는 삶은 살 가치가 없다고 했지만, 어디까지나 그 반성을 사람들과 함께하라는 의미였다. 플라톤의 대화는 결국 사람들이 서로 마주하며 주고받는 이야기다. 한편 아리스토텔레스는 인간이 근본적으로 사회적인 존재라고 믿었다. 그는 프라이버시 개념을 세계 최초로 인식했다고 인정받기도 하지만, 그의 사상은 공적인 삶과 혼자인 삶 사이의 차이기 아니라 도시, 즉 폴리스polis에서의 삶과 가정생활의 구분을 기반으로 발전시킨 것이다. 그는 심지어 사회에서 살아갈 수 없는 사람, 혹은 혼자서도 만족하기 때문에 사회 속에서 살 필요가 없는 사람은 짐승 아니면 신이라는 말까지 했다.

하지만 고전주의가 쇠퇴기에 이르자 변화가 일어났다. 사람들이 혼자 있는 쪽을 택하기 시작한 것이다. 부패한 세상에 혐오감을 느꼈거나 세상의 끝없는 탐욕에 지쳐서였을까. 믿음이 깊은 사람들 사이에서 고독한 삶을 살기를 바라는 이들이 생겼다. 은둔자가 되어 사회에서 완전히 떨어져 나온 사람들도 있었고, 다 같이 있으면서 동시에 홀로 있을 수 있도록 자급자족하는 작은 공동체를 만든 사람들도 있었다. 고독 속에서 그들은 기도와 자기 성찰로 이루어진 엄격한 체제를 추구했고, 그들의 글은 인간 존재의 의미에 대한 고찰에 몇 세기 동안 영향을 미쳤다.

마침내 르네상스 시대에 오자 사람들은 개인에 관심을 더 기울이기 시작했다. 즉 각각의 개인이 가진 독특한 특징과 능력, 종교적 고려 사항과 별개로 존재하는 개인의 내면에 관심을 쏟게 된 것이다. 에세이 형식을 최초로 만들어낸 미셸 드 몽테뉴는 바로 이런 의도를 품고 작업을 시작했다. 자신의 서재와 호기심, 옆에 있어주는 반려묘한 마리만 데리고 고독 속에서 자신과 세계에 대해 무엇을 발견할 수 있는지 연구하는 작업 말이다.

　개인을 강조하는 이런 새로운 풍조 덕분에 개인이 독립적으로 입증해낼 수 있는 것에 좀 더 공식적인 관심이 쏟아졌다. 17세기가 되자 어떤 사상가들은 일반적으로 받아들인 지혜, 즉 특정한 형태의 종교적 사상을 포함해 오랜 세월에 걸쳐 여러 공동체 안에서 발전해온 지식과, 개인이 발견하고 입증할 수 있는 지식을 구분하기 시작했다. 근대 과학과 철학의 발전에 주축이 된 르네 데카르트는 그동안 믿고 배워온 지식에 진정한 의문을 가지고 세상에 대한 진실을 밝히기 위해서는 고독이 필요하다고 느꼈다.

　나아가 18세기 사람들은 데카르트 같은 사상가들이 내세운 인간이 냉정하고 이성적인 존재라는 견해에 반감을 품었다. 그들은 이성보다 감정에 관심을 집중하면서 인간의 변하기 쉬운 감정 상태를 묘사하고, 그 과정을 기록하고, 다양한 감정과 느낌을 대조했다. 같은 시기에 개인의 삶에 주목하는 소설들이 인기를 끌었다. 근대 소설의 효시인 《로빈슨 크루소》(1719)가 조난되어 무인도에 혼자 살게 된 주인공에게 초점을 맞춘 이야기인 것은 우연이 아니었다. 게다가 이 소설은 가장 고독한 행위인 혼자 읽기의 시대를 이끌었다.

18세기 말에는 시적인 자기 성찰에 도움을 받기 위해 아름답고 찬란한 자연 속에서 고독을 추구하는 작가들이 많았다. 하지만 그들이 자연을 주제로 한 책이나 신간 소설을 읽고 생각에 잠겨 내면의 삶을 탐험하는 동안, 다른 사람들은 그 자연을 전면적으로 바꾸느라 바빴다. 신기술과 경영 기법 덕분에 생산 속도가 빨라졌지만, 거기에는 아주 많은 노동자가 필요했다. 새로운 일을 하기 위해 사람들은 시골을 떠나 도시로 향했고, 도시인구가 순식간에 폭발적으로 증가했다. 이런 식으로 현대 군중이 탄생했고, 그와 함께 완전히 새로운 방식의 고독이 출현했다.

산업혁명은 새로운 정치·사회적 문제들을 초래했고, 산업화한 세계의 부정적인 영향에서 벗어나려는 사람들이 아주 많았다. 사람들에게 인기를 끌었던 탈출 방법 하나는 고독을 추구하는 것이었으며 특히 산업 발전의 영향을 받지 않는 곳에서 그렇게 하길 바랐다. 오직 그곳에만 사회나 기계화된 세상에 훼손되지 않은 진정한 자연이 있기 때문이었다. 이미 19세기에 사람들은 인간이 자연을 무자비하게 착취하면 어떻게 될지, 자연이 파괴되면 우리 영혼에 무슨 일이 생길지 걱정했다.

20세기에 들어서면서 사람들은 그런 사회적 고려에서 완전히 배제된 이들이 있다는 사실을 깨닫기 시작했다. 예를 들어 여성들은 고독이라는 사치를 누릴 여유가 거의 없었다. 영국의 역사가 에드워드 기번은 "대화는 지식을 풍성하게 해주지만, 고독은 천재를 키우는 학교"라고 했는데, "그렇다면 세상에 여성 작가와 예술가가 그렇게 적은 것이 당연하다"고 버지니아 울프는 말했다. 버지니아 울프가 보기에 예술을 하려면 고독이 필요했다.

이 선집에는 여러 역사적 인물들이 겪고 쓴 고독한 생활을 이해하는 방식과, 고독이 베푸는 혜택을 권하는 글들이 담겨 있다. 시, 에세이, 자서전적인 글과 단편소설

형식의 다양한 작품은 우리에게 자유롭게 생각하는 법과 심오한 내면의 삶을 즐길 방법을 가르쳐줄 것이다. 그리고 고독한 현실에 대처할 수 있도록 도와줄 것이다. 소설가 조지프 콘래드가 "우리는 꿈꾸듯 살아간다, 혼자서"라고 표현한 현실 말이다. 무엇보다, 이들은 우리가 진정으로 우리 자신과 연결될 방법을 보여줄 것이고, 그 과정에서 우리 주위를 둘러싼 타인들과 의미 있게 연결되는 법도 가르쳐줄 것이다. 이런 관점에서 고독은 항상 내면과 외면에 집중하는 동시에 자신과 타인을 향한다. 외로움의 치료제란 결국 고독의 기술을 활용하는 것이다.

재커리 시거

호수가 외롭지 않듯
나도 외롭지 않다

헨리 데이비드 소로

〈고독〉

Henry
David Thoreau

헨리 데이비드 소로 1817–1862

미국의 철학자, 시인, 수필가. 매사추세츠주 콩코드에 있는 월든 호수 근처
에서 태어났다. 자연의 중요성과 단순한 삶의 존엄이 지닌 가치에 대한 그
의 믿음은 아주 깊고 심오했다. 그는 여러 권의 시집과 철학서, 자연사 책
을 출간했다. 그의 글에는 자연과 거기서 벌어지는 일들에 대한 소로 자신
의 경탄이 잘 나타나 있으며, 힘이 넘치는 문학적 스타일과 예리한 감성 역
시 또렷하게 드러나 있다. 1849년 출간한 《시민 불복종》은 마틴 루서 킹 주
니어와 마하트마 간디를 비롯한 전 세계의 활동가와 사상가 들에게 지대
한 영향을 끼쳤다. 한편 소로의 가장 잘 알려진 작품은 호숫가에 지은 오두
막집에서 2년 동안 홀로 지냈던 생활을 자세히 묘사한 내용을 담은 《월든》
(1854)이다. 그중 〈고독〉은 걸작 《월든》에서도 핵심적인 부분이다.

고독

아주 기분 좋은 저녁이다. 이런 때는 온몸이 하나의 감각기관이 되어 모든 땀구멍으로 기쁨을 들이마신다. 나는 자연과 하나가 되어 기묘한 해방감을 느끼며 마음대로 돌아다닌다. 날은 흐리고 바람이 부는 데다 서늘하지만, 나는 셔츠 바람으로 돌이 많은 호숫가를 거닌다. 특별히 눈에 띄는 것은 없어도 나를 둘러싼 모든 것이 대단히 만족스럽다. 황소개구리들이 요란한 소리로 밤의 시작을 알리고, 쏙독새의 노랫소리가 물결이 출렁거리는 호수의 수면을 타고 날아온다. 바람에 나부끼는 오리나무와 백양나무 잎처럼 흔들리는 마음에 숨이 멎을 것 같다. 하지만 호수나 내 마음이나 파문이 일 뿐 거칠어지지는 않는다. 저녁 바람이 일으키는 이 잔물결들은 한없이 잔잔해서 폭풍우가 올 것 같지 않다. 어둠이 내렸지만 바람이 끝없이 불어와 숲에서 함성을 지르고, 물결은 계속 부서진다. 어떤 생물들은 노랫소리로 다른 생물들의 마음을 달래준다. 자연에 완전한 휴식은 없다. 야성이 강한 동물들은 이제부터 쉬지 않고 먹이를 찾아다닌다. 여우와 스컹크와 산토끼 들이 두려움 없이 들과 숲을 돌아다닌다. 이들은 자연의 파수꾼이며, 활기찬 생활의 나날을 이어주는 고리이기도 하다.

집으로 돌아오면 방문객들이 들렀다가 두고 간 명함이 보인다. 그것은 한 다발의 꽃이거나, 상록수 가지들을 화환처럼 엮은 것이거나, 노란 호두나무 잎사귀나 나뭇조각에다 연필로 이름을 써놓은 것이다. 어쩌다 숲에 오는 사람들은 나뭇가지 같은 것을 꺾어서 만지작거리며 놀다가 일부러 혹은 무심결에 놔두고 가기도 한다. 버드나무 껍질을 벗겨 동그랗게 엮은 다음 *그*것을 내 탁자 위에 놓고 간 사람도 있었다.

나는 나뭇가지가 휘거나 풀잎이 구겨진 모양, 혹은 신발 자국을 보고 내가 없을 때 누가 다녀갔는지 알아맞힐 수 있었다. 꽃 한 송이를 떨어뜨려 놓고 간 모습이나 풀 한

18

줌을 뽑아서 던져놓고 간 흔적을 보고서(어떤 때는 그것이 800미터 밖의 철로 변에 떨어져 있다 해도), 또는 남아 있는 시가나 파이프 담배의 냄새를 맡고 그 사람의 성별과 나이, 교양 수준을 대충 맞힐 수 있었다. 아니, 심지어는 파이프 담배 냄새로 300미터나 떨어진 큰길에서 사람이 지나가는 걸 알아챈 적도 자주 있었다.

대체로 우리 주위에는 넉넉한 공간이 있다. 지평선이 우리 코앞에까지 와 있진 않다. 울창한 숲도, 호수도 어느 정도 떨어져 있지만 대신 자연에서 빼앗아 와 우리 것으로 만들어 울타리를 두른 익숙한 개간지가 있다. 그런데 나는 무슨 연유로 사람들이 버린 이 광활한 땅, 몇 제곱킬로미터나 되는 인적 드문 숲을 차지하고 있을까? 가까운 이웃이라고 해봐야 1.6킬로미터나 떨어진 곳에 있고, 언덕 꼭대기에 올라가지 않는 한 집 주위에 인가는 보이지 않는다. 숲으로 선이 그어진 지평선도 다 내 차지다. 한편으로는 멀리 철로가 호숫가 옆을 지나는 풍경이 보이고, 다른 편으로는 숲속의 길을 따라 세워놓은 울타리가 보인다.

하지만 이곳은 대초원만큼이나 고적하다. 여기는 뉴

잉글랜드이지만 아시아나 아프리카 같다. 말하자면 나에겐 나만의 해와 달과 별들, 나만의 작은 세상이 있는 셈이다. 밤에 우리 집을 지나치거나 문을 두드리는 나그네도 없어서 마치 내가 세상 최초나 최후의 인간처럼 느껴졌다. 그러나 봄에는 이따금 메기를 잡으러 밤낚시를 오는 마을 사람도 있었다. 하지만 어둠을 미끼로 마음의 호수에서 낚은 고기가 더 많았던 모양이었다. 대개 빈 바구니를 들고 금방 물러나 '세계를 어둠과 나에게' 남겨놓았기 때문이다. 그리하여 밤의 어둠이 사람들의 발길에 훼손되는 일은 없었다. 사람들은 여전히 어둠을 꽤 두려워하고 있다는 생각이 든다. 마녀들은 모두 자취를 감추었고 기독교와 양초가 널리 보급되었는데도 말이다.

하지만 내 경험에 따르면 자연 속에서 가장 달콤하고 다정하며, 가장 순수하고 힘을 북돋아주는 친구를 발견힐 수 있다. 딱하게도 사람을 몹시 싫어하거나 심한 우울증이 있는 사람이라도 그런 일은 일어날 수 있다. 자연에 살면서 모든 감각을 고요히 유지하는 사람에게는 해로운 우울증이 찾아올 수 없다. 건강하고 순수한 사람의 귀에는 폭풍우도 '바람의 신'의 음악으로 들릴 뿐이다. 그 무엇도 소박하고 용기 있는 사람에게서 통속적인 슬픔을 자아낼 순 없다.

내가 사계절을 벗 삼아 그 우정을 즐기는 한 그 어떤 것도 내 삶을 짐스럽게 할 수 없다. 오늘 나의 콩에 물을 주느라 나를 집에 머물게 하는 저 보슬비는 지루하고 우울하게 만드는 것이 아니라 오히려 나에게 좋은 일을 해주고 있다. 비가 와서 콩밭을 매지 못한다 해도 그보다 더 큰 가치가 있다. 비가 계속 내려서 땅속에 있는 씨앗들이 썩고 저지대의 감자 농사를 망치더라도, 고지대에서 자라는 풀에는 좋을 것이며, 그렇다면 나에게도 좋은 것이니까.

가끔 다른 사람들과 나를 비교해보면, 내가 신의 총애를 분에 넘치게 받는 것 같은 느낌이 든다. 마치 남들은 없는 보증서를 신들로부터 받았고, 신들의 각별한 지도와 보호를 누리는 것 같다. 지금 나는 자화자찬하는 게 아니다. 만일 그렇다고 한다면 신들이 나를 치켜세우고 있는 것일 테다. 나는 한 번도 외롭다고 느낀 적이 없었고, 고독해서 우울해진 적도 없었다. 그러나 단 한 번, 이 숲에 온 지 몇 주일 지난 후에 평온하고 건강하게 살아가려면 주변에 이웃이 있어야 하는 게 아닌가 하는 생각을 한 시간

정도 한 적이 있었다. 그때는 혼자가 싫었다. 그러나 한편으로 이런 기분이 정상은 아니라는 점을 의식하고, 다시 원래 상태로 돌아가리란 걸 예감했다.

비가 보슬보슬 내리는 동안 이런 생각에 잠겨 있으려니 대자연 속에, 타닥타닥 떨어지는 빗속에, 주위에서 들리는 모든 소리와 모든 광경 속에 실로 다정하고 친절한 우정이 있음을 느꼈다. 그 무한하고 설명할 수 없는 우정은 나를 지탱해주는 공기와 같았고, 근처에 이웃이 있을 때 얻을 수 있다고 생각했던 여러 가지 이득이 하찮게 느껴졌다. 그 후로 다시는 그런 생각을 하지 않았다. 솔잎 하나하나가 공감을 품고 부풀어 올라 친구가 되어주었다. 나는 사람들이 흔히 황량하고 쓸쓸하다고 하는 곳에서도 나와 비슷한 존재를 확실히 느꼈다. 또 나와 혈연적으로 가장 가깝고 가장 인간적인 존재가 꼭 어떤 사람이거나 이웃은 아니라는 걸, 이제 어떤 장소도 내게 낯설지 않게 느껴질 거라는 걸 알았다.

아름다운 토스카의 딸이여!
비탄이 결국 슬퍼하는 이들을 쓰러뜨릴 것이니,

지상에서 그들이 살날도 길지 않을 것이다.*

나는 봄가을에 오랫동안 폭풍우 칠 때가 가장 즐거
웠다. 그런 날엔 종일 집 안에 틀어박혀 좀처럼 그치지 않
는 바람 소리와 빗소리로 마음을 달랬다. 이런 날은 땅거
미가 일찍 지면서 찾아온 기나긴 밤에 수많은 생각이 뿌
리를 내리고 무성하게 자랐다. 북동쪽에서 불어오는 비바
람이 마을로 들이닥쳐 하녀들이 빗자루와 물통을 들고
문간에 서서 쳐들어오는 홍수를 막으려 할 때, 나는 내 작
은 집의 유일한 출구인 문을 닫고 그 뒤에 앉아 완벽한
보호 속에서 그 광경을 즐겼다.

천둥과 비바람이 거센 어느 날, 호수 맞은편에 서 있
는 커다란 리기다소나무에 벼락이 떨어졌다. 벼락은 마치
지팡이에 홈을 파는 것처럼, 나무 꼭대기에서 밑동까지
깊이 1인치에 폭이 4, 5인치 정도 되는 나선형의 홈을 아
주 또렷하고 완벽하게 파놓았다. 일전에 그 나무 옆을 다
시 지나가다가 8년 전 무심한 하늘에서 무시무시하고 격

* 18세기 영국 시인 제임스 맥퍼슨이 번역한 전설적인 고대 켈트족 시인 오시안
의 서사시 〈크로마〉 부분.

헨리 데이비드 소로   **23**

렬한 번갯불이 내리쳤던 흔적이 전보다 더 뚜렷해진 것을 보고 경외심을 갖게 됐다.

사람들은 종종 내게 이런 말을 한다. "그곳에선 외로 울 것 같아요. 특히 비가 오거나 눈이 올 때면 사람들 가까이 있고 싶지 않나요?" 그런 질문에 이렇게 대답하고 싶을 때가 있다.

"우리가 사는 이 지구도 우주의 한 점에 지나지 않습니다. 인간의 도구로는 저 별의 폭을 측정할 수 없는데, 저 별에서 가장 멀리 떨어져 사는 두 사람의 거리가 얼마쯤 된다고 생각하세요? 내가 왜 외로움을 느껴야 합니까? 우리 지구는 은하수 안에 있지 않나요? 당신이 내게 한 질문은 그다지 중요하지 않은 것 같습니다. 사람을 동료들과 떼어놔서 그를 외롭게 만드는 공간은 어떤 종류의 공간일까요? 나는 아무리 발을 부지런히 놀려도 상대의 마음에 가까워질 수 없다는 사실을 알고 있습니다. 사람은 어디에 가장 가까이 살고 싶어 할까요? 분명 사람들이 많은 곳은 아닐 겁니다. 기차역이나 우체국, 술집, 예배당, 학교, 잡화점, '비컨힐'이나 '파이브포인츠'같이 번잡한 곳은 아닐걸요. 물가에 서 있는 버드나무가 물 쪽으로 뿌리를 뻗

듯 우리의 모든 경험에 비추어보아 영원한 생명의 원천이라고 생각하는 곳에 가까이 살기를 원할 겁니다. 성격에 따라 다르겠지만 현명한 사람이라면 반드시 그곳에 터를 잡겠죠……."

어느 날 저녁, 나는 소위 '상당한 자산가'라는 마을 사람 하나를(그 상당한 자산이란 것이 어떤 건지 제대로 본 적은 없지만) 월든 거리에서 따라간 적이 있었다. 그는 소 두 마리를 끌고 시장에 가는 길이었는데 나에게 어떻게 그렇게 세상의 온갖 편의를 포기할 수 있느냐고 물었다. 나는 지금도 그런 편의를 상당히 좋아한다고 대답했다. 내 말은 농담이 아니었다. 나는 집에 돌아와 잠자리에 들었고, 그가 어두운 진흙 길에서 '브라이턴'인가 '브라이트타운'인가 하는 데를 더듬더듬 찾아가도록 내버려두었다. 그는 다음 날 아침에야 도착했으리라.

죽은 사람이 눈을 뜨거나 다시 살아날 가능성이 있다면 그 시간과 장소 같은 건 상관없을 것이다. 그런 일이 일어날 수 있는 장소는 항상 같으며, 우리의 오감에 형언할 수 없는 즐거움을 선사한다. 하지만 우리는 대개 사소하고 일시적인 일에만 관심을 가지느라 중요한 문제에 집중하지 못한다. 만물의 가장 가까이에 그 존재를 만들어 내는 힘이 있고, 우리 옆에서 가장 중요한 법칙들이 끊임 없이 실시되고 있다. 우리 옆에는 우리가 고용해서 즐겨 이야기를 나누는 일꾼이 아니라, 바로 우리라는 작품을 만들어낸 그 일꾼이 있는 것이다.

"천지의 오묘한 힘은 그 얼마나 넓고 깊은가!"

"그 힘을 보려 하지만 보이지 않고, 들으려 하지만 들리지 않는다. 만물의 본질과 같은 그것은 만물로부터 분리될 수 없다."

"그 힘에 의지해 천하의 사람으로 하여금 마음과 몸을 깨끗하게 하며 의복을 갖추어 입고 정성을 다해 조상에게 제사를 지낸다. 그것은 오묘한 지혜의 바다다. 그것은 우리의 위와 좌우에 있으며 사방에서 우리를 둘러싸고 있다."*

우리는 내가 꽤 관심을 가지고 지켜보는 실험의 대상이다. 이런 상황에서 잠시라도 한데 모여서 하는 잡담은 그만두고 우리를 즐겁게 할 생각만 하며 지낼 수는 없을

---

*《중용》 제16장에서.

까? 공자는 다음과 같은 진리를 말했다. "덕이 있는 사람은 외롭지 않고 반드시 이웃이 있다."*

사색함으로써 우리는 제정신을 잃지 않고도 황홀경에 빠질 수 있다. 우리는 마음의 의식적인 노력을 통해 행위와 그 결과로부터 초연해질 수 있다. 그러면 좋은 일이든 나쁜 일이든 세찬 물살처럼 우리 옆을 지나쳐버린다. 우리가 자연에 완전히 빠져 있는 건 아니다. 나는 시냇물에 흘러가는 나무토막일 수도 있고 하늘에서 그걸 내려다보는 인드라 신일 수도 있다. 나는 어떤 연극 공연을 보고 영향을 받을 수도 있지만, 반면에 나와 훨씬 더 밀접한 관계가 있는 것처럼 보이는 실제 사건에 아무 영향을 받지 않을 수도 있다. 나는 나 자신을 인간이라는 실체, 다시 말하면 여러 가지 생각과 감정이 일어나는 무대로만 알고 있을 뿐이다. 그리고 타인뿐 아니라 나 자신으로부터도 멀리 떨어져 있을 수 있는 어떤 이중성을 의식하고 있다. 이런 경험이 아무리 강렬하더라도 나는 나의 일부이면서 동시에 나의 일부가 아닌 어떤 존재가 이 경험에 참여하지

* 《논어》 4편 25절.

않은 채 그저 관객으로서 이것을 주목하고 있다는 사실을 알고 있다. 이 부분은 내가 아니다. 인생의 연극(비극일지도 모르는)이 끝나면 그 관객은 제 갈 길을 가버린다. 그 관객에 관한 한 그 연극은 일종의 허구이자 상상의 작품일 뿐인 것이다. 이러한 이중성은 우리를 아주 쉽게 시시한 이웃이자 친구로 만들어버릴 수 있다.

나는 주로 혼자 시간을 보내는 것이 유익하다고 생각한다. 아무리 좋은 사람이라도 같이 있다 보면 금방 지루해지고 주의가 산만해진다. 나는 혼자 있는 것이 좋다. 고독만큼 같이 지내기에 좋은 벗을 아직 찾아내지 못했다. 우리는 대개 방 안에 혼자 있을 때보다 밖에 나가 사람들 사이를 돌아다닐 때 더 외롭다. 사색하는 사람이나 일하는 사람은 어디에 있든 항상 혼자다. 고독은 한 사람과 그의 동료들 사이에 존재하는 거리로 잴 수 없다. 학생들로 빽빽한 교실에 있어도 공부에 여념이 없는 케임브리지 대학생은 사막의 수도승처럼 혼자다. 농부는 종일 혼자 밭에서 김을 매거나 숲에서 나무를 베면서도 외롭다고 생각하지 않는다. 일하고 있기 때문이다. 하지만 밤이 되어 집에 돌아오면 이런저런 생각에 마음이 심란해져서 방 안에 혼자 있을 수 없게 된다. 그래서 종일 혼자 있었던 것에 대한 보상을 받고 싶어서 '사람들을 만나' 기분 전환을할 수 있는 곳을 찾아 나선다. 농부는 학생이 그렇게 오랫동안 집에 틀어박혀 있는데도 어떻게 권태나 울적한 기분을 느끼지 않는지 의아해한다. 그는 학생이 집에 있더라도 농부처럼 그 나름의 밭을 갈고 그 나름의 나무를 베고 있으며 그런 다음에는 좀 더 집중된 형태로 농부와 똑같은 휴식과 사교생활을 찾는다는 사실을 이해하지 못하는 것이다.

평범한 사교의 값어치는 너무 싸다. 우리는 너무 자주 만나는 바람에 서로를 위한 새로운 가치를 획득할 시간도 확보하지 못한다. 우리는 하루 세끼 식사 때마다 만나서 우리 자신이라는 오래되고 곰팡내 나는 치즈 맛을보게 한다. 이렇게 자주 만나는 것을 견딜 수 있고, 전쟁이 벌어지지 않도록 예의범절과 공손함이라고 부르는 일련의 규칙들에 합의해야 했다. 우리는 우체국에서 만나고,사교 모임에서 만나고 또 매일 밤 난롯가에서 만난다. 우리는 조금의 틈도 두지 않은 채 서로의 길을 막기도 하고서로에게 걸려 넘어지기도 하면서 살고 있다. 그 결과 서로를 존중하는 마음을 잃어버렸다. 조금 더 시간을 두고 만나도 충분히 중요하고 속내를 다 털어놓는 의사소통을 할 수 있었을 텐데. 공장에서 일하는 노동자들을 생각해 보라. 그들은 꿈속에서도 혼자 있지 못할 것이다. 내가 사는 이곳처럼 2.6제곱킬로미터에 한 사람씩 살 수 있다면 좋지 않을까. 사람의 가치가 피부에 있는 건 아니니 굳이 누군가와 스치며 살아갈 필요는 없다.

나는 숲에서 길을 잃어 나무 밑에서 굶주리고 탈진해 죽어가던 어떤 사람의 얘기를 들은 적이 있다. 그는 몸이 쇠약해지면서 생긴 병적 상상력 덕분에 자신이 괴물 같은 환영들에 둘러싸여 있다고 생각했고 또 그것들이 실제로 있다고 믿었다. 하지만 그 환영들 덕분에 외로움이 줄어들어 결국 목숨을 구할 수 있었다고 한다. 그러니 마찬가지로 우리에게 육체적, 정신적 건강과 힘이 있으면 위와 비슷하지만 좀 더 정상적이고 자연적인 교제를 통해 기운을 낼 수 있고, 자신이 결코 혼자가 아님을 알게 될 것이다.

내 집에는 친구가 아주 많다. 특히 아무도 찾아오지 않는 아침에 더 그렇다. 이 상황을 이해할 수 있도록 몇 가지 비유를 들어보겠다. 마치 저토록 요란하게 웃어대는 호수의 저 아비새*가 외롭지 않으며 월든 호수가 외롭지 않듯, 나도 외롭지 않다. 저 고독한 호수에 어떤 벗이 있단 말인가? 하지만 저 호수는 하늘색 물속에 푸른 악마들이 아닌 푸른 천사들이 있다. 태양은 혼자다. 안개가 짙은 날 에는 태양이 두 개처럼 보이기도 하지만 하나는 가짜 태 양이다. 그러나 악마는 절대 혼자 있는 법이 없다. 그는 떼 거리로, 군인들처럼 몰려다닌다. 목장에 핀 한 송이 현삼 이나 민들레, 콩잎, 괭이밥, 등에 그리고 뒤영벌이 외롭지 않듯 나도 외롭지 않다. 밀브룩**이나 풍향계, 북극성, 남 풍, 4월의 봄비, 정월의 해동 그리고 새로 지은 집에 처음 나타난 거미……. 이런 모든 것이 외롭지 않듯 나도 외롭 지 않다.

숲속에 눈송이가 흩날리고 바람이 울부짖는 기나긴 겨울밤이면 오래전 이곳에 정착해 호수를 개척한 노인이 가끔 찾아온다. 그가 월든 호수를 파서 돌로 기반을 다진 후 주위에 소나무를 심었다는 사람들의 이야기를 들은 적

---

* 북미 지역에 서식하는 새로 사람 웃음소리 같은 소리를 낸다.
** 콩코드 지역을 관통해 흐르는 하천.

이 있다. 그는 옛날이야기와 새로 찾아올 미래에 관한 이야기를 들려준다. 우리 두 사람은 사과나 사과술이 없이도 재미있게 세상 사는 이야기를 하면서 즐거운 저녁 시간을 보낸다. 아주 현명하고 유머 감각이 풍부한 이 벗을 나는 아주 많이 좋아한다. 그는 고프나 윌리*보다 더 사람들의 눈에 띄지 않게 은거하고 있다. 사람들은 그가 이미 죽은 줄 알고 있지만, 무덤이 어디인지도 모른다.

이 근처에는 한 노부인도 사는데 역시 사람들의 눈에는 띄지 않는다. 나는 이따금 이 부인의 향기로운 약초밭을 거닐면서 약초도 캐고 그녀의 얘기를 듣는다. 부인은 대단한 천재로 그 뛰어난 기억력은 신화 이전의 시대까지 거슬러 올라가 모든 전설의 기원과 그 전설이 어떤 사실에 근거를 두고 있는지까지 말할 수 있다. 그 사건들이 다 부인이 젊었을 때 일어났기 때문이다. 불그스름한 혈색에 기운이 넘치는 이 노부인은 모든 날씨와 계절을 다 좋아하며, 자식들보다도 더 오래 살 것 같다.

형언할 수 없이 순수하고 자애로운 자연은, 해와 바람

---

* 윌리엄 고프는 영국 청교도 혁명 당시 군사 지도자로, 장인인 에드워드 윌리와 찰스 1세의 처형에 가담했다가 왕정복고 이후 숨어 지냈다.

과 비 그리고 여름과 겨울은, 우리에게 언제나 건강과 활기를 준다. 그리고 인류에 대한 크나큰 연민을 품고 있어서 누군가 그럴 만한 이유로 슬퍼한다면 자연의 모든 것이 함께 슬퍼할 것이다. 태양의 환한 얼굴은 흐려질 것이고, 바람은 사람처럼 한숨을 쉴 것이며, 구름은 눈물의 비를 흘릴 것이고, 숲은 한여름에도 잎을 떨어뜨리며 상복을 입을 것이다. 그러니 내가 어찌 대지를 모를 수 있겠는가? 나의 일부가 잎사귀이며 식물의 부식토가 아니던가!

우리를 항상 건강하고 명랑하고 만족스럽게 해줄 약은 무엇일까? 그것은 나나 당신의 증조부가 만든 약이 아니라, 바로 우리 모두의 증조모인 자연이 빚은 우주적이고 식물적이고 또 식물학적인 약이다. 이 약으로 자연은 젊음을 유지해왔고, 파 영감* 같이 장수를 누린 수없이 많은 노인들보다 더 오래 살았으며, 그들의 썩어가는 지방을 흡수해 자신의 건강을 지켰다. 나의 만병통치약은 저승의 강과 사해의 물로 약을 지어서, 유리병을 운반하는 용도로 종종 보이는 길고 납작한 검은 배 같은 마차에 싣고 다

---

* 토머스 파. 1483년에 태어나 1635년까지 152년을 살았다고 한다.

니면서 파는 물약이 아니다. 나의 만병통치약은 희석하지 않은 순수한 아침 공기 한 모금이다. 아, 아침 공기! 만일 사람들이 하루가 태어나는 새벽에 이 아침 공기를 마시려 하지 않으면 병에 담아 가게에서 팔기라도 해야 할 것이다. 아침 시간에 대한 구독권을 잃어버린 모든 세상 사람들을 위해 말이다. 하지만 아무리 차가운 지하실에 넣어 둔다 해도 아침 공기는 정오까지 버티지 못한 채 병마개를 밀어젖히고 새벽의 여신 아우로라를 따라 서쪽으로 날아가 버린다는 것을 잊어서는 안 될 것이다.

오래된 약초를 잘 다룬다는 의학의 신 아스클레피오스의 딸로, 한 손에는 뱀을 들고 다른 손에는 그 뱀이 마실 물잔을 들고 있는 모습으로 조각상에 새겨진 히기에이아 여신을 나는 숭배하지 않는다. 그녀보다는 주노 여신이 야생 상추를 먹고 잉태한, 신과 인간을 회춘시킬 능력이 있고, 주피터 신에게 술을 따르는 모습으로 묘사되는 헤베 여신을 숭배한다. 이 여신이야말로 아마 지상에서 가장 완벽한 신체와 건강과 활력을 겸비한 젊은 여성이었을 것이다. 그녀가 나타난 곳에는 언제나 봄이 찾아왔다.

우리에게는 돈과
자기만의 방이 있어야 합니다

버지니아 울프

《자기만의 방》

Virginia Woolf

버지니아 울프 1882-1941

영국의 소설가, 수필가, 비평가. 20세기 영미 모더니즘 문학에서 중요한 작가로 평가받는 버지니아 울프는 런던 사우스 켄싱턴의 부유하고 예술적 감각이 풍부한 집안에서 태어났다. 울프의 어머니는 영국의 라파엘전파 화가들의 모델이었고, 아버지는 저술가이자 전기작가였다. 울프는 집에서 가정교사에게 교육을 받았는데, 주로 영국 문학에 대해 배웠고, 그 후 런던 킹스 칼리지에서 고전과 역사를 공부했다. 거기서 울프는 여성 인권 운동가들과 교류했다. 1917년 남편인 레너드 울프와 함께 호가스 출판사를 공동으로 설립했고, 대부분의 작품을 거기서 출간했다. 1915년부터 울프는 규칙적으로 소설, 단편, 에세이 들을 발표했는데 그중 많은 작품이 특유의 혁신적인 스타일과 심오한 필력을 바탕으로 현대 문학의 고전이 됐다. 그녀의 소설 《올랜도》(1928)는 작가인 비타 색빌웨스트와의 관계를 토대로 쓴 것으로, 페미니스트 소설의 아이콘이 됐다. 에세이 《자기만의 방》(1929)은 페미니스트 문학 비평의 초석이 된 작품으로 그 일부를 여기에 실었다.

자기만의 방

하지만 '여성과 픽션'에 대해 이야기해달라고 요청했는데 자기만의 방이라니, 대체 그게 그 주제와 무슨 관계가 있냐고요? 설명을 해보겠습니다. '여성과 픽션'에 대해 강연하라는 요청을 받았을 때 나는 강둑에 앉아 그 단어들이 무엇을 의미하는지 생각하기 시작했습니다. 그것은 그저 패니 버니*에 대해 몇 마디 언급하고, 제인 오스틴에 대해 더 많이 말하고, 브론테 자매에게 찬사를 바친 뒤 눈 덮인 하워스 목사관**을 묘사하고, 가능하다면 미트퍼드 양***에 대해 재치 있는 말을 몇 마디 하고, 조지

---

* 프랜시스 버니. 18세기 영국의 소설가로 제인 오스틴에게 영향을 주었다.
** 영국 요크셔 지방에 있는 브론테 자매의 집.
*** 메리 러셀 미트퍼드. 18세기 영국의 시인, 수필가, 극작가.

엘리엇에 넌지시 경의를 표하고, 개스켈 부인*을 언급하는 것으로 충분할 수도 있겠지요. 하지만 다시 생각해보면 그 단어들은 그리 단순해 보이지 않았습니다. '여성과 픽션'이라는 제목은, 여러분이 그런 의미로 말했을 수도 있는데, 여성과, 여성이 과연 어떤 존재인가를 의미할 수 있습니다. 혹은 여성과, 여성이 쓴 픽션을 의미할 수도 있지요. 아니면 여성과, 여성에 대해 쓰인 픽션을 뜻할 수도 있겠고요. 어쩌면 이 세 가지가 아주 밀접하게 섞여 있기 때문에 내가 각각의 관점에서 이 문제를 고려해보길 원했을 수도 있습니다. 그러나 그중 가장 흥미로워 보이는 마지막 방법으로 그 주제를 숙고하기 시작하자, 곧 치명적인 결함이 보였습니다. 결코 결론에 도달할 수 없을 것이라는, 그러니까 강연자의 첫 번째 의무를 완수할 수 없을 것이란 사실을 알게 된 것이지요. 한 시간 동안 진행된 강연을 마친 후 여러분이 공책에 적어 벽난로 위 선반에 영원히 보관할 만한 진실 한 조각을 전해야 하는 임무 말입니다. 내가 할 수 있는 일이라면 한 가지 사소한 문제에 대한

---

* 엘리자베스 개스켈. 19세기 영국의 소설가이자 전기작가.

제 의견, 즉 여성이 픽션을 쓰려면 돈과 자기만의 방이 있어야 한다는 의견을 제시하는 것입니다. 앞으로 차차 알게 되겠지만 이런 견해를 전개하자면 여성의 본성과, 픽션의 본질이라는 거대한 문제는 해결하지 못한 채 남겨두게 됩니다. 내가 이 두 가지 문제에 대해 결론 내려야 하는 의무를 회피했기 때문에, 여성과 픽션의 본질은 미제로 남게 됩니다만, 대신 이를 보상하기 위해 내가 방과 돈에 대해 어떻게 이런 생각을 하게 됐는지를 최선을 다해 설명해보겠습니다. 그 사고의 흐름을 가능한 한 충실하고 자유롭게 묘사해볼까 합니다. 아마도 이 서술의 이면에 깔려 있는 내 생각이나 편견을 드러내면, 그 가운데 어떤 것은 여성과, 또 어떤 것은 픽션과 관련이 있음을 알게 될 것입니다. 어쨌든 어떤 주제가 상당한 논란을 불러일으킬 때, 성에 관한 문제가 항상 그렇듯 어느 한 사람이 진실을 밝히리라고는 기대할 수 없습니다. 다만 자신이 어떻게 그런 견해를 갖게 되었는지는 보여줄 수 있겠지요. 그런 식으로 강연자의 한계, 편견, 성향을 청중이 보고 관찰해 그 나름의 결론을 이끌어낼 수 있을 겁니다. 여러분은 딱딱한 강연보다 제가 앞으로 할 가공된 이야기에서 더 많은 진실을 찾아낼 수 있을 겁니다. 그래서 나는 소설가라는 자격과 소설가로서 누리는 자유를 이용해, 여기 오기 전 이틀 동안의 이야기를 들려드릴까 합니다. 오늘 해야 할 강연 주제의 무게에 부담스러워하면서도 제 일상을 통해 어떻게 지금의 견해를 갖게 됐는지에 대한 이야기입니다. 이제부터 내가 묘사하려는 대상들이 실재하지 않는다는 것은 말할 필요도 없겠지요. 옥스브리지는 가공의 대학이고, 퍼넘도 마찬가지입니다.* '나' 역시 가공의 인물일 뿐입니다. 내 입술에서는 거짓이 술술 흘러나오겠지만 어쩌면 거기엔 약간의 진실도 섞여 있을 겁니다. 이 진실을 찾아내고 그중 어떤 부분이 간직할 만한 가치가 있는가를 결정하는 것은 여러분이 해야 할 일입니다. 아무 가치가 없다면 물론 이 이야기를 통째로 휴지통에 던져버리고 다 잊어버리겠지요.

자, 그러니까 '나'―나를 메리 비턴이나 메리 시턴, 혹은 메리 카마이클, 아니면 여러분이 좋을 대로 부르세요, 그건 전혀 중요하지 않으니까―는 한두 주일 전 날씨가

---

* 각각 영국의 명문 대학교 옥스퍼드와 케임브리지, 여자 대학교인 거턴과 뉴넘을 합성해 만든 말.

화창한 10월의 어느 날 강둑에 앉아 생각에 잠겨 있었습니다. '여성과 픽션'이라는 주제, 온갖 편견과 열정을 불러 일으키는 이 주제에 결론을 내려야 한다는 부담감 때문에 고개를 푹 숙이고 있었지요. 내 좌우에 있는 황금색과 진홍색 수풀이 불빛에 빛나다 못해 타오르는 것처럼 보였습니다. 강둑 저쪽에서는 버드나무들이 어깨까지 머리카락을 길게 늘어뜨린 채 끝나지 않는 비탄에 잠겨 흐느껴 울고 있었습니다. 강물은 제멋대로 하늘과 다리와 타오르는 나무들을 골라 비추고 있었고요. 대학생 하나가 물 위에 비친 그림자들 사이로 보트를 저어 지나가자 곧 그 그림자들은 아무 일도 없었다는 듯 다시 강물 위로 떠올랐습니다. 그곳에서라면 생각에 잠긴 채 하루 종일이라도 앉아 있을 수 있었을 겁니다. '생각'(실제보다 더 그럴듯한 이름으로 부르자면)이 강물 속에 낚싯대를 드리웠습니다. 그것은 몇 분간 강물에 비친 그림자들과 수초들 사이에서 이리저리 흔들리며 물결을 따라 오르락내리락했지요. 그러다 불현듯 낚싯줄 끝에―그 미미하게 끌어당기는 힘을 여러분도 아시죠―어떤 생각 하나가 갑자기 끌려왔습니다. 그래서 조심스럽게 잡아당겨 살짝 펼쳐봤지 않겠어요?

아아, 풀밭 위에 내려놓자 나의 생각이란 것이 얼마나 작고 하찮아 보이던지. 노련한 어부라면 지금보다 더 살집이 붙어야 하니 요리해 먹을 수 있을 만큼 커서 오라고 다시 물속에 놓아줄 만한 물고기였습니다. 그 생각이 뭐였는지에 대한 이야기로 여러분을 번거롭게 하지는 않겠습니다. 하지만 여러분이 주의 깊게 살펴본다면 이야기하는 과정에서 그 생각을 찾아낼 수 있겠지요.

그러나 아무리 작고 하찮았다고 해도 그 생각은 나름 신비로운 속성이 있어서 다시 마음속에 집어넣자 아주 흥미롭고 중요한 것이 되었습니다. 치솟았다가 가라앉고, 여기저기로 쏜살같이 움직이며 사방에 파문을 일으키는 생각 때문에 더 이상 가만히 앉아 있을 수 없었습니다. 그래서 나도 모르는 사이에 일어나 무시무시하게 빠른 속도로 잔디밭을 가로질러 걷고 말았지요. 그 순간 갑자기 어떤 남자가 나타나 나를 막아섰습니다. 처음에는 와이셔츠에 모닝코트를 걸친 기묘한 사내의 몸짓이 나를 향하고 있다는 사실을 알아차리지 못했지요. 그의 얼굴엔 경악과 분노가 서려 있었습니다. 그 순간 나를 도운 건 이성이 아니라 본능이었습니다. 그 사람은 이 대학에 속한 교구 직원이었고, 나는 여자였습니다. 내가 걷던 곳은 잔디밭이었고 보도는 저쪽에 있었습니다. 여기는 대학의 특별 연구원이나 학자만 들어올 수 있었기에, 내게 허용된 곳은 저 자갈길이었죠. 순식간에 이런 생각들이 떠올랐던 겁니다. 내가 다시 보도로 나가자 그 직원은 팔을 내리며 평소처럼 평온한 표정을 되찾았습니다. 사실 걷기엔 자갈길보다는 잔디밭이 더 낫고, 걷는다고 해서 잔디밭이 대단히 손상되는 것도 아니었는데 말이죠. 이 대학이 어디건 내가 그 대학 연구원과 학자 들에게 할 수 있는 유일한 비난은 300년 동안 길게 뻗어 있는 잔디밭을 보호한답시고 내 작은 물고기를 숨어버리게 했다는 점입니다.

그토록 대담하게 잔디밭으로 뛰어들도록 나를 추동한 그 생각이 무엇이었는지 이제는 기억이 나지 않습니다. 평화의 정령이 하늘에서 구름처럼 내려앉았습니다. 평화의 정령이 이 세상에 머무는 곳이 있다면, 화창한 10월 아침 옥스브리지의 교정일 겁니다. 단과대학 사이를 천천히 거닐어 오래된 복도들을 지나치다 보니 조금 전의 불편했던 마음이 반듯하게 펴지는 것 같았습니다. 내 몸은 어떤 소리도 꿰뚫을 수 없는 신기한 힘이 있는 유리 상자 속에 들어가 있는 것 같고, 마음은 현실과의 접점에서 해방되어 (다시 잔디밭에 침입하지만 않는다면) 그 순간과 조화를 이루는 사색을 하며 자유롭게 쉴 수 있었습니다. 그 순간 우연히, 찰스 램*이 긴 방학 동안에 옥스브리지를 다시 방문해서 썼다던 오래된 수필이 떠올라 그를 생각하게 됐습니다. 새커리**는 자신의 이마에 램의 편지 한 통을 대면서 그를 '성 찰스'라고 불렀다더군요. 실제로 모든 죽은 이들 가운데서(지금 나는 생각나는 대로 이야기하고 있습니다) 램은 나와 마음이 가장 잘 맞는 사람이고, 에세이를 어떻게 썼는지 말해달라고 묻고 싶은 사람입니다. 그의 에세이들은 완벽하기 이를 데 없는 맥스 비어봄의 글보다 훨씬 더 뛰어나기 때문이죠. 거칠게 번뜩이는 상상력과 중간중간 번개 치듯 빛나는 천재성, 그의 에세이들은 불완전하지만 동시에 그런 점들 덕분에 곳곳에서 시적인 아름다움이 반짝이고 있습니다. 램이 옥스브리지에 왔던 때는 아마 100년쯤 전일 것입니다. 분명 그는 이곳에서 밀

---

* 19세기 영국의 수필가.
** 윌리엄 새커리. 19세기 영국의 소설가.

턴*의 시 원고 한 편을 보고 그것에 관한 에세이를(제목은 생각이 나지 않네요) 썼지요. 그게 아마 〈리시다스〉였을 텐데, 램은 〈리시다스〉의 단어 하나라도 지금 우리가 보는 그 시와 달랐을 수 있다는 사실이 얼마나 충격적이었는지에 대해 썼습니다.

밀턴이 그걸 하나라도 고쳤다는 생각마저 램에게는 신성모독으로 느껴진 겁니다. 이런 생각을 하면서 나는 〈리시다스〉에서 기억할 수 있는 부분을 떠올려보면서 밀턴이 고친 단어가 어느 것이었을까, 그리고 고친 이유가 무엇일까를 추측하게 되었습니다. 그때, 램이 보았던 그 원고가 몇십 미터 떨어지지 않은 곳에 있으며, 사각형 안뜰을 가로질러 램의 발자국을 따라 그 보물이 있는 그 유명한 도서관으로 가볼 수도 있으리라는 생각이 들었습니다. 게다가 새커리의 《헨리 에스먼드》 원고가 있는 곳도 바로 그 유명한 도서관이라는 사실이 불현듯 떠올라 나는 이 계획을 실행에 옮겼습니다. 비평가들은 보통 《헨리 에스먼드》가 새커리의 가장 완벽한 소설이라고 하지만, 내 기억

---

* 존 밀턴. 17세기 영국의 시인.

으로는 18세기의 문체를 모방한 화려한 문체가 문제입니다. 실제로 18세기 문체가 그에게 자연스러웠다면 모르겠지만요. 이것은 원고를 살펴봐야 그런 식으로 개작한 것이 문체를 위해선지 아니면 의미를 위해선지 입증될 수 있는 사안입니다. 하지만 그러려면 무엇이 문체이고 무엇이 의미인지를 결정해야 하겠고, 이러한 문제는…… 그러나 이제 나는 정말 도서관 문 앞에 서 있었습니다. 그리고 분명 문을 열었을 겁니다. 흰 날개 대신 검은 가운을 펄럭이며 수호천사처럼 길을 가로막는 친절한 은발 신사가 바로 나타나지 않았더라면요. 그는 제게 돌아가라고 손짓하며 유감스럽지만 여성이 이곳에 입장하려면 대학 연구원을 동반하거나 소개장을 가져와야 한다고 낮은 목소리로 말했습니다.

한 여성이 유명한 도서관을 저주해도 그 유명한 도서관은 아랑곳하지 않습니다. 그 유서 깊고 고요한 도서관은 모든 보물을 안전하게 품은 채 평온하게 잠들어 있었고, 나와 관련해서 그것은 영원히 그럴 것입니다. 분노한 내가 계단을 내려오며 다시는 이 메아리들을 깨우지 않으리라, 다시는 날 받아달라고 요구하지 않으리라 맹세했으니까요. 아직 오찬까지는 한 시간이 남았습니다. 그러니 무엇을 해야 할까요? 강가의 풀밭을 산책할까? 강둑에 앉아 있을까? 아주 근사한 가을 아침이었습니다. 나뭇잎들이 붉은빛으로 펄럭이며 떨어졌지요. 무엇을 하든지 별 어려움이 없었습니다. 그런데 음악 소리가 들렸습니다. 예배나 축하 행사가 열리는 것 같았어요. 교회당 문을 지나갈 때 웅장하게 호소하는 오르간 소리가 들렸습니다. 기독교의 비애조차 그 고요한 공기 속에서는 슬픔 그 자체보다 슬픔의 회상처럼 들렸습니다. 오래된 오르간의 신음마저 평화로움에 감싸여 있는 것처럼 들렸지요. 설사 내게 그럴 권리가 있다 하더라도 들어가고 싶은 생각은 없었습니다. 이번에는 교회당 안내인이 나타나 나를 가로막고 세례 증명서나 주임 사제의 소개장을 내놓으라고 했을 테니까요. 그러나 이 웅장한 교회당 건물의 외부는 때로 내부만큼이나 아름답습니다. 게다가 사람들이 벌집 입구의 벌들처럼 떼 지어 들고 나면서 문 앞에서 바삐 다니는 것을 지켜보는 일도 충분히 재미있었습니다. 많은 사람들이 모자를 쓰고 가운을 입었고, 어깨에 모피 술을 늘어뜨린 이들도 있었습니다. 휠체어를 탄 이들도 있었고, 아직 중년이 안 됐는데도 아주 기묘하게 구겨지고 뭉개진 나머지, 수족관의 모래 속에서 힘겹게 오르내리는 거대한 게와 가재를 연상시키는 사람들도 있었습니다. 내가 벽에 기대 서 있는 동안, 그 대학은 실제로 성역처럼 보였고 그 안에 보존된 희귀한 유형의 사람들은 런던 스트랜드 거리의 포장도로 위에서 생존 경쟁을 하게 놔두면 곧 폐물이 될 것 같았습니다. 옛 학과장들과 늙은 교수들에 대한 오래된 이야기가 생각나더군요. 그러나 내가 휘파람을 불 용기를 내기도 전에(휘파람 소리가 나면 어느 늙은 교수가 즉시 뛰어왔다는 말이 있었지요) 그 고상한 신도들은 안으로 들어가버리고 교회당 건물만 남았습니다. 아시다시피 그 높고 둥근 지붕과 첨탑들은 바다를 떠돌면서 영원히 어디에도 이르지 못하는 돛단배처럼, 밤에도 불을 환하게 밝혀 언덕 너머 몇 킬로미터 떨어진 곳에서도 보이지요. 아마도 옛날엔 이 반듯한 잔디밭이 있는 뜰과 거대한 대학 건물들과 교회당도 습지였을 것이며, 여기서 잡초들이 물결치고 돼지들이 코를 박고 먹을 것을 찾아다녔을 겁니다. 수십 마리의 말과 황소 들이 머나먼 곳에서 수레에 돌을 싣고 와서 어마어마하게 품을 들여 내가 서 있는 곳에 그림자를

드리운 커다란 회색 건물들의 주춧돌 위에 순서대로 돌을
쌓았을 겁니다. 그다음에 도색공들이 창문에 끼울 유리
를 가져오고, 석공들은 몇 세기 동안 지붕 위에서 접합제
와 시멘트, 삽, 흙손을 들고 바삐 움직였을 것입니다. 토요
일마다 누군가가 가죽 지갑에서 금화와 은화를 꺼내 그들
의 손바닥에 떨어뜨렸겠지요. 그들도 하룻밤 정도는 마시
고 놀아야 했을 테니까요. 돌이 끊임없이 들어오고 석공
들도 계속해서 일하도록 금화와 은화의 물결이 쉴 새 없
이 흘러들었을 것입니다. 하지만 그때는 종교의 시대였으
니 단단한 토대 위에 이 돌들을 쌓느라 아낌없이 돈을 쏟
아부었을 것입니다. 여기서 찬송가를 부르고 학생들을 가
르치라고 왕과 여왕과 귀족들의 돈궤에서 더 많은 돈이
들어왔습니다. 종교의 시대가 끝나고 이성의 시대가 도래
했어도 금화와 은화의 물결은 계속되었습니다. 연구 기금
이 설립되고 강좌 기금이 기부되었습니다. 다만 이제 들어
오는 금화와 은화는 왕의 금고가 아니라 상인과 제조업자
들의 금고, 사업을 일으켜 재산을 모으는 기술을 전수해
준 대학에 더 많은 의자와 강좌 기금과 연구 기금을 기부
하라고 유언장에 인심 좋게 지정해놓은 사람들에게서 흘

러나왔지요. 그래서 몇 세기 전만 해도 잡초가 물결치고 돼지들이 코를 박고 다니던 곳에 도서관과 실험실이 세워지고 관측소가 설립되었으며, 오늘날 유리 선반 위에 고가의 정교한 도구들이 마련된 것입니다. 교정을 거닐다 보니 여기저기 깊숙이 박혀 있는 금과 은의 토대를 볼 수 있었습니다. 머리에 쟁반을 인 사람들이 바삐 계단을 오르내리고, 창가의 화분마다 화려한 꽃이 피어 있었습니다. 방 깊숙이 있는 축음기에서 노래가 크게 울려 나왔습니다. 뭔가가 떠올랐지만 그게 어떤 생각이었든 곧 중단되었습니다. 시계가 울렸고, 오찬에 참석할 시간이 됐습니다.

신기하게도 소설가들은 오찬 파티란 항상 누군가의 재치 있는 한마디나 누군가의 현명한 행동 덕분에 기억에 남는 법이라고 믿게 만듭니다. 그러나 오찬에서 무엇을 먹었는지에 대한 이야기는 나오는 법이 없지요. 수프와 연어와 오리고기는 전혀 중요하지 않은 것처럼, 그 누구도 식사를 하면서 담배를 피우지 않고 포도주도 마시지 않은 것처럼 수프나 연어, 오리고기에 대해서는 언급하지 않는 것이 소설가들의 관습입니다. 하지만 나는 그 관습에 도전해서 그날의 오찬은 넙치로 시작되었다는 것을 말해볼까 합니다. 대학 식당의 요리사가 듬뿍 바른 하얀 크림 사이로 사슴 옆구리의 반점처럼 여기저기 갈색 살을 드러낸 넙치가 우묵한 접시에 담겨 나왔습니다. 그다음엔 자고새 요리가 나왔습니다. 하지만 접시 위에 올라온 털 없는 갈색 새 두 마리를 떠올린다면 오해하셨습니다. 톡 쏘는 맛과 부드러운 맛이 감도는 다양한 소스와 샐러드를 곁들인 갖가지 새고기들이 차례차례 나왔으니까요. 동전처럼 얇지만 적당히 부드러운 감자가 나왔고, 장미 봉오리처럼 생긴 작은 양배추는 즙이 아주 많았습니다. 구운 고기와 곁들인 요리들이 끝나자, 묵묵히 시중 들던 교구 직원이 좀더 부드러운 표정으로 파도에서 추출한 것 같은 정교한 설탕 장식과 냅킨으로 꽃장식한 당과를 우리 앞에 내려놓았습니다. 그것을 푸딩이라 부르면서 쌀이나 타피오카가 들어간 것 같다고 하면 그 당과에 대한 모욕이 될 것 같습니다. 그동안 노란색, 진홍색으로 빛나던 포도주 잔들은 비워졌다가 다시 채워졌습니다. 그렇게 등뼈의 절반쯤 내려간 곳, 영혼이 깃들어 있는 곳에서 서서히 불이 켜졌습니다. 그것은 뛰어난 재치라고 칭하는 작고 단단한 전기 불빛이 아니라 섬세하고 심오하게 타오르는 합리적인 교류의 노란 불꽃입니다. 서두를 필요가 없습니다. 재치 넘치는 사람이 될 필요도 없고, 자기가 아닌 다른 사람이 되려고 할 필요도 없어요. "우리 모두 천국에 갈 것이고, 반 다이크도 여기에 있으니까."* 다시 말해 고급 담배에 불을 붙이고 창가에 놓인 의자의 푹신한 쿠션에 깊숙이 파묻혀 있을 때, 인생은 아주 행복하고, 그 보상은 감미롭고, 이런저런 원한이나 불만은 별것 아닌 것 같고, 동류 사람들과의 교제나 우정은 아주 감탄스러워 보였습니다.

만일 운 좋게 재떨이가 가까이 있었더라면, 그래서 창밖으로 재를 떨어버리지 않았더라면, 그랬더라면 창밖의 꼬리 없는 고양이를 보지 못했을 겁니다. 잔디밭 위에서 부드럽게 사뿐사뿐 걷고 있는 꼬리 없는 짐승을 갑자기 보게 되자, 어떤 우연한 깨달음이 내 감정의 밝기를 바꿔놓은 것 같았습니다. 누군가 갑자기 그늘을 드리운 것 같았지요. 순간 그 독일산 백포도주의 취기가 가시는 것 같았습니다. 잔디밭 한가운데 우뚝 멈춰 선 맹크스 고양이 역시 우주에 의문을 품고 있는 것 같은 모습을 바라보

---

* 18세기 영국의 화가 토머스 게인즈버러가 죽기 전 남긴 말로 추정된다.

는 동안 확실히 무언가 결핍된 것 같고, 무언가 달라 보였습니다. 사람들의 대화를 들으며 나는 무엇이 결핍되어 있으며 무엇이 다른지를 스스로에게 물었습니다. 그 물음에 답하기 위해 이 방 밖으로 나가 과거로, 실제로는 전쟁 이전으로 돌아가서 이 방에서 그리 멀지 않은 방에서 열렸던, 그렇지만 이곳과는 다른 오찬을 생각해봐야 했습니다. 모든 것이 달랐습니다. 그곳에서도 내내 손님들의 대화는 계속됐습니다. 손님들의 대부분은 여성이고, 나머지는 다른 성이었습니다. 이들의 대화는 매끄럽게 유쾌하고 자유롭고 재미있게 흘러가고 있었습니다. 현재의 대화를 배경에 놓고 과거의 대화를 비교해보면, 하나는 다른 하나의 후예이며, 적법한 계승자라는 것을 의심할 수 없었습니다. 변한 건 없고, 달라진 것도 없었습니다. 다만, 여기서 나는 온 신경을 귀에 집중시켜 대화의 내용을 듣는 데 그치지 않고 그 이면의 웅얼거림 혹은 흐름을 들었습니다. 그래, 바로 그것이었어요. 달라진 것은 그것이었습니다. 전쟁 전에도 이런 오찬에서 사람들은 지금과 똑같은 이야기를 나누었겠지만, 그때는 다르게 들렸을 겁니다. 왜냐하면 그때 그 이야기들에는 어떤 콧노래 소리, 분명하지는 않지만 음악적이고 흥미진진해서 그 자체로 단어의 가치를 변화시켰던 소리가 있었기 때문입니다. 그 콧노래 소리를 말로 표현할 수 있을까요? 아마 시인이 도와준다면 가능할지도 모르겠군요. 나는 옆에 있는 책을 무심코 펼쳐 테니슨의 시를 읽었습니다. 그는 이렇게 노래하고 있었습니다.

문가의 시계꽃에서
반짝이는 눈물이 떨어졌지.
그녀가 오고 있네, 나의 비둘기, 나의 연인.
그녀가 오고 있네, 나의 생명, 나의 운명.
붉은 장미가 소리치지, "그녀가 왔어, 가까이 왔어."
백장미는 눈물을 흘리지, "그녀가 늦었어."
제비꽃이 귀 기울이지, "나는 들려, 들리는데."
백합이 속삭이지, "나는 기다리고 있어."*

전쟁 전의 오찬 파티에서 남자들이 부른 콧노래가 바로 이것이었을까요?

---

* 19세기 영국 시인 앨프리드 테니슨의 시 〈모드〉 부분.

그러면 여자들은?

내 마음은 노래하는 새
둥지는 물오른 여린 가지에 있고.
내 마음은 사과나무
가지는 무성한 과일로 늘어지고.
내 마음은 무지갯빛 조가비
잔잔한 바다를 노 저어가고.
내 마음은 이 모든 것보다 기쁘다네.
내 사랑 나에게 왔기에.[*]

이것이 전쟁 전의 오찬에서 여자들이 부른 콧노래일까요?

전쟁 전의 오찬에서 사람들이 작은 소리로라도 그런 콧노래를 부르는 광경을 상상하니 너무 우스워 그만 웃음을 터뜨렸다가 맹크스 고양이를 가리키며 그런 행동을 변명해야 했어요. 잔디밭 한가운데 꼬리도 없이 서 있는 그

---

[*] 19세기 영국 시인 크리스티나 로세티의 시 〈생일〉 부분.

불쌍한 짐승은 조금 뜬금없어 보였으니까요. 그 고양이는 태어날 때부터 그랬을까요, 아니면 사고로 꼬리를 잃었을까요? 맨섬에 꼬리 없는 고양이가 있다는 말도 있지만 생각보다는 귀한 동물이니까요. 그것은 아름답기보다는 별나고 기묘한 동물입니다. 꼬리 하나가 얼마나 큰 차이를 만드는지 참으로 놀라운 일입니다. 오찬이 끝나고 사람들이 코트와 모자를 걸치면서 어떤 인사를 나누는지는 말하지 않아도 알 겁니다.

이번 오찬은 주인의 환대 덕분에 오후 늦게까지 계속되었습니다. 아름다운 10월의 하루가 저물어가고, 내가 걸어가는 길의 가로수에선 나뭇잎이 떨어지고 있었습니다. 내 뒤에서 문들이 부드럽지만 단호하게 닫히는 것 같았습니다. 무수히 많은 교구 관리들이 기름칠 잘 된 자물쇠들에 무수히 많은 열쇠를 끼워 돌리고 있었습니다. 그 보물의 집은 다가오는 밤을 안전하게 지낼 준비를 마치고 있었습니다. 가로수 길을 지나자(이름은 잊어버린) 어느 거리로 나서게 되었는데 거기서 모퉁이만 제대로 돌면 퍼넘에 도달하게 됩니다. 시간은 충분합니다. 만찬은 7시 30분이 되어야 시작하니까요. 이렇게 든든한 오찬을 마친 후에는 사실 저녁을 건너뛰어도 상관없을 것 같습니다. 한 편의 시가 떠올라 그것에 박자를 맞춰 걷게 되다니 참 묘한 일입니다. 이런 시구죠.

　　문가의 시계꽃에서
　　반짝이는 눈물이 떨어졌지.
　　그녀가 오고 있네, 나의 비둘기, 나의 연인.

내 혈관에서 노래를 부르는 동안 나는 헤딩리를 향해 성큼성큼 걸어갔습니다. 그런 뒤 물거품 이는 둑 가장자리로 가서 박자를 바꾸어 노래를 불렀습니다.

　　내 마음은 노래하는 새
　　둥지는 물오른 어린 가지에 있고.
　　내 마음은 사과나무…….

사람들이 어둠 속에서 그러듯 나는 큰 소리로 외쳤습니다. 정말 대단한 시인들이야!

조금은 질투를 느낀 것도 같습니다. 우리 세대를 생

각해보니 말입니다. 이런 비교가 어리석고 터무니없다는 것을 알면서도 과거의 테니슨과 크리스티나 로세티만큼 위대한 현존 시인 두 명을 솔직하게 꼽을 수 있을지 궁금해졌습니다. 거품이 부글부글 이는 물결을 들여다보며 이런 비교는 확실히 가능하지 않다고 생각했지요. 사람들이 그 시인들의 시에 그렇게 열광하며 환호할 수 있었던 이유는 (아마 전쟁 전 오찬에서) 느꼈던 감정을 그 시들이 찬미하기 때문입니다. 그래서 그런 감정을 억제하거나 비교할 필요 없이, 편하고 자연스럽게 반응할 수 있었습니다. 그러나 현존하는 시인들은 실제로 우리의 마음속에 있는데도 동시에 억압되는 감정을 표현하지요. 우선 사람들은 그런 감정을 인지하지 못하는 데다 무슨 이유에선지 두려워하는 경우도 종종 있습니다. 아니면 예리하게 관찰하고, 질투심과 의혹에 가득 차서 자신이 알고 있던 옛 감정과 비교를 하기도 합니다. 그래서 현대 시가 어려워지는 겁니다. 그리고 이러한 어려움 때문에 아무리 훌륭한 현대 시인의 시라도 두 행 이상을 연속해서 기억하기 힘듭니다. 기억이 나지 않으니 분석할 자료도 부족해서 내 머릿속에 떠오르던 생각은 시들해졌습니다. 그러나 나는 헤딩리를 향해 걸어가면서 왜 우리는 오찬에서 작은 소리로나마 콧노래 부르기를 그만두었을까 생각했습니다. 왜 앨프리드는 다음과 같이 노래하기를 멈추었을까요?

그녀가 오고 있네, 나의 비둘기, 나의 연인.

왜 크리스티나는 더 이상 응답하지 않았을까요?

내 마음은 이 모든 것보다 기쁘다네.
내 사랑 나에게 왔기에.

이 모든 것이 전쟁 탓일까요? 1914년 8월 총격이 시작됐을 때 서로의 얼굴이 서로의 눈에 너무도 선명히 비친 나머지 남녀 간의 로맨스가 살해되고 말았을까요? 확실히 포화의 불빛 속에서 통치자들의 얼굴을 보는 것은 (특히 교육과 그 밖의 것에 환상을 가진 여자들에게) 충격이었지요. 그들―독일인, 영국인, 프랑스인―은 너무 추하고 너무 어리석어 보였습니다. 그러나 무엇을 탓하건, 또 누구를 탓하건 연인이 온다고 그렇게 열정적으로 노래하도록 테니슨과 크리스티나 로세티에게 영감을 불어넣던 환상이 전보다 아주 많이 드물어진 것은 사실입니다. 이제는 다만 그런 시들을 읽거나 보고 듣거나 기억할 수 있을 따름이지요. 그러나 무엇 때문에 탓을 하는 겁니까? 만약 그것이 환상이라면, 환상을 파괴하고 그 자리에 진실을 되찾아놓은 그 참사를, 그것이 무엇이건 간에 찬양해야 하지 않을까요? 왜냐하면 진실은… 이 세 개의 점들은 내가 진실을 추구하느라 퍼넘으로 가는 모퉁이를 놓쳐버린 장소를 표시하는 겁니다. 그래, 실제로 무엇이 진실이고 어느 것이 환상일까, 나는 자문했습니다. 예를 들어 지금 황혼에 붉게 빛나는 창문으로 축제를 벌이는 것 같은 어둑한 집들, 그러나 아침 9시면 사탕과 구두끈 같은 것으로 정신없이 지저분해질 그 집들의 무엇이 진실일까요? 그리고 버드나무와 강, 강으로 이어져 내려간 정원들, 지금은 슬금슬금 번지는 안개에 가려 희미하지만 햇빛에선 황금빛, 붉은빛으로 빛날 그것들 중에 어느 것이 진실이고 어느 것이 환상일까요? 이와 같이 복잡하게 얽힌 내 생각에 대한 이야기는 그만하겠습니다. 헤딩리로 가는 길에서는 어떤 결론도 찾을 수 없으니까요. 그저 내가 모퉁이를 잘못 돌았다는 사실을 깨닫고는 발걸음을 돌려 퍼넘으로 향했다고 상상해주세요.

앞에서 10월 어느 날이라고 미리 말했으니 새삼스럽게 계절을 바꿔서 정원 담벼락에 늘어진 라일락이나 크로커스, 튤립, 그 밖의 다른 봄꽃들을 묘사해서 픽션의 명성과 여러분이 품은 픽션에 대한 존중심을 감히 훼손하지는 않겠습니다. 픽션은 사실에 충실해야 하고, 사실이 진실에 가까울수록 픽션은 더욱 나아진다고 하지요. 그래서 지금도 여전히 가을이며 여전히 노란 나뭇잎들이 계속 떨어지고 있습니다. 아니 전보다 더 빨리 떨어지고 있지요. 지금은 저녁(정확히 말해서 7시 23분)이고 바람이(엄밀하게는 남서쪽에서) 불어오기 때문입니다. 그런데도 뭔가 묘한 분위기가 감돌고 있습니다.

내 마음은 노래하는 새
둥지는 물오른 어린 가지에 있고.
내 마음은 사과나무
가지는 무성한 과일로 늘어지고.

아마도 그 어리석은 공상을 하게 된 것은 크리스티나 로세티의 시구 탓도 있었을 것입니다. 물론 공상에 불과했지만, 정원 담벼락 너머로 라일락 꽃잎이 난분분하고 멧노랑나비가 이리저리 휙휙 날아가며, 꽃가루가 공중에서 흩날리는 느낌 때문이기도 했습니다. 어디에서 왔는지 알 수 없는 바람이 불어와 반쯤 자란 나뭇잎들을 띄워 올려 공중에서 은회색 섬광이 반짝였습니다. 색깔의 변화가 격렬해지고, 들뜨기 쉬운 심장의 고동처럼 자주색, 금색이 창유리에서 불타오르며 빛이 교차되는 시간이자, 무슨 이유에선지 세상의 아름다움이 드러났다가 곧 스러지는 순간이었습니다. (여기서 나는 문을 밀고 정원으로 들어갔습니다. 어리석게도 문이 열려 있었고 주위에는 교구 관리도 없었거든요.) 곧 스러질 세상의 아름다움에는 심장을 조각조각 잘라내는 두 개의 날, 즉 웃음의 날과 고통의 날이 있지요. 봄의 황혼에 물든 피넘의 정원은 확 트여 있었고, 수선화와 초롱꽃들이 기다란 풀밭에 여기저기 널려 있었습니다. 아마 한창때에도 제대로 관리된 적이 없었을 겁니다. 지금도 휘몰아치는 바람에 흔들리면서 뿌리가 뽑힐 듯 휘둘리고 있었습니다. 넘실거리는 파도 같은 붉은 벽돌들 사이에 떠

있는 배의 창문처럼 굴곡진 건물 창문들은 다급하게 흘러
가는 봄의 구름 밑에서 서서히 레몬 빛에서 은빛으로 변
해가고 있었습니다. 누군가 해먹 안에 누워 있었습니다.
이렇게 흐릿한 빛 속에서 절반쯤 보이는 모습은 유령이라
고 짐작해봄 직도 하지만, 그 반쯤 보이던 누군가가 잔디
밭을 가로질러 뛰었고—혹시 누가 그녀를 가로막지 않을
까요?—위풍당당하면서도 한편으로 겸손해 보이는 사람
이 바람을 쐬고 정원을 둘러보기 위해 나오기라도 한 듯
테라스에 나타났습니다. 이마가 넓고 허리가 굽었으며 초
라한 옷을 입은 저 사람이 그 유명한 학자 J. H.* 그녀일까
요? 정원 위에 드리운 스카프 같은 어둠이 별이나 칼에
갈기갈기 찢긴 것처럼 곳곳이 지독하게 어두웠습니다. 으
레 그렇듯 봄의 심장을 찢고 끔찍한 현실이 뛰쳐나온 것
처럼 말이죠. 왜냐하면 젊음이란······.

　수프가 나왔군요. 거대한 식당에서 만찬이 나오는 중
입니다. 봄이 아니라 사실은 10월의 저녁이었습니다. 모두
모였지요. 식사가 준비돼서 수프가 나왔습니다. 평범한 고

* 제인 엘런 해리슨. 영국의 고전학자이자 문화인류학자.

기 수프였죠. 상상력을 자극할 만한 건 없었습니다. 그 멀건 국물은 접시 바닥의 무늬도 들여다볼 수 있을 정도였지만 무늬는 없었습니다. 평범한 접시였죠. 이어서 쇠고기와 거기에 곁들인 녹색 야채, 감자가 나왔습니다. 이 소박한 삼위일체를 보자 진창인 시장 바닥에 서 있는 소들의 궁둥이와 가장자리가 노랗게 시들어 말려 들어간 작은 양배추와 월요일 아침 그물주머니를 멘 여인네들이 값을 에누리하며 흥정하는 장면이 떠올랐습니다. 음식의 양은 그만하면 충분했고, 석탄 광부들은 이보다 더 초라한 식탁에 앉으리라는 점을 알기 때문에 이런 일상적인 음식을 불평할 이유는 없었습니다. 그리고 말린 자두인 프룬과 커스터드가 나왔습니다. 커스터드가 프룬을 조금은 보완해주었을지라도, 만약 누군가 프룬은 형편없는 야채(그건 과일이 아니지요)라서 수전노의 심장처럼 바싹 말랐을 뿐 아니라 80년 동안 스스로 포도주와 온기를 거부하고 가난한 자에게도 베풀지 않았던 수전노의 혈관에서나 흐를 법한 즙이 나온다고 불평한다면, 그것이라도 기꺼이 환영할 만한 사람들이 있다는 사실을 기억해야 합니다. 그 다음엔 비스킷과 치즈가 나왔지요. 여기에 또 물병 인심이 후했습니다. 비스킷은 본래 퍽퍽한 것이고, 이 자리에 나온 비스킷은 그 본성에 아주 충실했으니까요. 그게 다였습니다. 식사가 끝났지요. 모두 의자를 뒤로 밀었고 회전문이 거칠게 열렸다 닫혔습니다. 이내 식사한 흔적이 모두 치워졌고 다음 날 아침 식사를 위해 식당이 정리됐습니다. 아래층 복도와 층계 위에서는 영국의 젊은이들이 문을 쾅쾅 닫거나 열고, 노래를 부르며 걸어 다녔습니다. 초대 받은 손님 또는 이방인—퍼넘이라고 해서 트리니티, 서머빌, 거턴, 뉴넘, 크라이스트 처치 등의 대학들보다 내게 더 많은 권리를 주는 것은 아니니까요—이 "만찬이 그저 그랬어요"라고 말한다거나 "우리 둘만(우리, 즉 메리 시턴과 내가 지금 그녀의 응접실에 앉아 있었으니까요) 여기서 식사할 수 없을까요?"라고 말할 수 있을까요? 그런 말을 했더라면 나는 외관상 쾌활하고 대담해 보이는 이 대학의 내밀한 속살림을 엿보고 조사한 것 같겠지요. 아니, 그런 말은 도저히 못 합니다. 실제로 대화는 한동안 시들해졌습니다. 앞으로 백만 년이나 지나면 모를까, 마음과 몸, 두뇌가 각각의 칸막이 속에 따로 존재하는 것이 아니라 하나로 연결되어 있는 인간에게 양질의 저녁 식사는 좋은 대화를 나누는 데 대단히 중요합니다. 저녁을 제대로 못 먹으면 생각도 사랑도 잘 할 수 없고 잠도 잘 안 옵니다. 쇠고기와 프룬만 먹어선 등뼈의 램프에 불이 켜지지 않는 법이죠. 우리 모두는 아마 천국에 갈 것이고, 바라건대 다음 모퉁이를 돌면 반다이크가 우리를 기다리고 있었으면 합니다. 하루 일을 마치고 쇠고기와 프룬으로 저녁을 먹으면 이렇게 뭔가 부족한 것 같고 미심쩍은 마음이 드는 법입니다. 이곳에서 과학을 가르치는 내 친구는 다행히 개인 찬장이 있었고, 그 안에 땅딸막한 술병과 작은 유리잔이 있어서(하지만 우선 넙치와 새고기로 시작했으면 훨씬 좋았겠죠), 우리는 불가로 의자를 끌어당겨 그날의 일상에서 입은 몇 가지 손해를 보상받을 수 있었습니다. 1, 2분 정도 지나자 우리는 호기심과 흥미를 불러일으키는 모든 대상 속으로 자유롭게 들어갔다 나왔습니다. 그것은 누군가 없을 때 마음속에 생겼다가 다시 만나 같이 있게 되면 자연스럽게 흘러나오는 이야기로, 누구는 결혼을 했고 누구는 안 했다거나, 누구는 이렇게 생각하고 누구는 저렇게 생각한다거나, 누구는 지식을 얻어 향상되었으며 누구는 놀랍게도 타락했다든지 하는 이야기로부터 시작해서 자연스럽게 우리가 살고 있는 놀라운 세계와 인간의 본성으로 이어지는 온갖 생각이지요. 하지만 이러한 이야기를 나누는 아중에도, 부끄럽게도 나는 멋대로 내 마음속에 들어와 이 모든 생각을 자기가 원하는 방향으로 끌어가버리는 어떤 흐름을 깨달았습니다. 스페인이나 포르투갈에 대해서 또는 어떤 책이나 경마에 대해서 이야기를 할 수도 있지만 화제가 무엇이건 나는 이런 것들이 아니라 약 500년 전 높은 지붕 위에서 일하던 석공들의 모습에 관심이 쏠렸습니다. 왕과 귀족들이 거대한 자루에 보물을 담아 와서 땅 밑에 쏟아부었지요. 이 장면은 끊임없이 내 마음속에 되살아났고 그 옆에는 비쩍 마른 암소와 진창인 시장, 시들어빠진 채소, 노인의 심장이 나타났습니다. 사실 관련도 없고 아무 의미도 없는 이 두 그림이 끊임없이 같이 밀려와 서로 싸우면서 내 마음을 단단히 사로잡았습니다. 우리의 대화를 망치지 않는 가장 좋은 방법은 내 마음속에 떠오른 그림을 세상 밖으로 드러내는 것이었습니다. 운이 좋다면 그것은 윈저 궁에서 관을 열었을 때 부서져 가루가 돼버린 죽은 왕의 머리처럼 희미해지다 사라지겠지요. 그래서 나는 시턴 양에게 간단히 이야기했습니다. 몇

백 년 동안 대학 교회당 지붕 위에서 일해온 석공들과, 어깨에 금은 자루를 지고 와서 땅속에 퍼부은 왕과 여왕과 귀족에 관해, 또한 다른 이들이 금은괴와 가공되지 않은 금덩어리를 내려놓은 곳에 오늘날에는 산업계의 재력가들이 수표와 증서를 내려놓는다는 사실을 말이지요. 저기 있는 대학들의 발밑에 그 모든 것들이 있다고 말했습니다. 하지만 우리가 지금 앉아 있는 이 대학, 이 붉고 웅장한 벽돌과 잡초가 무성한 정원 잔디밭 밑에는 무엇이 있을까요? 저녁 식사 때 나온 그 소박한 그릇들 이면에는, 그리고 (미처 멈출 새도 없이 말이 나와버렸는데) 쇠고기와 커스터드와 프룬의 이면에는 어떤 힘이 있을까요?

"흠, 1860년이라," 메리 시턴이 입을 열었습니다. "아, 하지만 당신도 그때 사정을 잘 알잖아요." 그녀는 같은 이야기를 또 하는 걸 지겨워하면서 다음과 같이 말했습니다. "방을 여러 개 빌리고, 위원회를 열었지요. 봉투에 주소를 써 넣었고 안내장을 작성했고 수도 없이 회의를 열었고, 답장들을 읽었어요. 모 씨는 상당한 금액을 약속했지만 그 반대로 아무개 씨는 한 푼도 못 주겠다고 했죠.《새터데이 리뷰》는 아주 무례했고 말이죠. 사무실 임대료를

낼 기금은 어떻게 조성할 수 있을까? 바자회를 열어야 하나? 제일 앞줄에 앉힐 만한 예쁜 소녀를 찾을 수 없을까? 그 문제에 관해 존 스튜어트 밀이 뭐라고 말했는지 찾아보죠. 모 잡지의 편집장에게 그 편지를 실어달라고 설득할 수 있을까요? 그 숙녀에게 그것에 서명해 달라고 해도 될까요? 그 귀부인은 런던에 있지 않다더군요. 아마도 60년 전이었다면 상황은 이런 식으로 돌아갔을 것이고, 거기에 기나긴 시간과 막대한 노력이 들어갔겠죠. 그렇게 오랫동안 투쟁하고 엄청난 어려움을 겪은 후에 그들은 마침내 3만 파운드를 모을 수 있었어요." 그래서 새삼 말할 필요도 없지만 우리는 포도주를 마시며 자고새 고기를 먹을 수 없고 머리에 쟁반을 이고 줄줄이 들어오는 하인들도 둘 수 없다고 그녀가 말했습니다. 우리는 각자 소파가 있는 방을 하나씩 가질 수도 없습니다. 그녀는 어떤 책에 나온 "삶을 쾌적하게 해주는 것들"이란 표현을 인용하며 "우리가 그걸 누리려면 더 기다려야 합니다"라고 했습니다.

그 모든 여성들이 1년 내내 고생했는데도 2천 파운드를 모으기 어렵다는 것을 알게 되고 3만 파운드를 마련하기 위해 온갖 일을 다 해야만 했다는 사실을 생각하며, 우리는 비난을 받아 마땅한 우리 여성의 가난에 경멸을 터뜨렸습니다. 우리의 어머니들은 도대체 무엇을 하고 있었기에 우리에게 물려줄 재산이 없었을까요? 콧잔등에 분칠을 하고 있었을까요? 쇼윈도를 들여다보고 있었을까요? 몬테카를로에서 일광욕을 하며 관능미를 과시하고 있었을까요? 벽난로 장식장 위에 사진이 몇 장 있었습니다. 메리의 어머니는 (만일 저것이 그녀의 사진이라면) 여가 시간을 게으르게 낭비했을 겁니다(그녀는 목사인 남편에게서 열세 명의 아이를 낳았지요). 그렇다 해도 명랑하게 흥청망청 썼던 생활은 얼굴에 그 쾌락의 흔적을 거의 남기지 않았습니다. 그녀는 평범하게 생긴 노부인으로 커다란 조개 브로치로 고정시킨 체크무늬 숄을 두르고 있었습니다. 스패니얼 한 마리에게 카메라를 주시하도록 하면서, 카메라의 셔터를 누르는 순간 개가 움직이리라 확신했는지 재미있어하면서도 긴상한 표정으로 버들가지 의자에 앉아 있었습니다. 자, 그녀가 사업을 했다면, 인조 실크 제조업자가 되었거나 증권 거래소의 거물이 되었더라면, 그녀가 이 퍼넘에 2만이나 3만 파운드를 기증했더라면, 우리는 오늘 밤 안락하게 앉아 있을 것이고, 고고학, 식물학, 인류학, 물리학, 원자의 성격, 수학, 천문학, 상대성이론, 지리학 등의 주제로 대화했을 겁니다. 만일 시턴 부인과 그녀의 어머니와 할머니가 그들의 아버지와 그 이전의 할아버지들처럼 돈을 버는 훌륭한 기술을 배워 자신들의 성만 사용하도록 지정한 연구비, 강사 기금, 상금, 장학금을 설립할 돈을 남겼더라면, 우리는 여기 위층에서 단둘이 새고기와 포도주 한 병으로 아주 여유로운 식사를 할 수 있었을 겁니다. 우리는 지나친 자신감을 품지 않고도 보수가 넉넉한 전문직이라는 은신처에서 유쾌하고 영예로운 생애를 기대할 수 있었을 겁니다. 탐험을 하거나 글을 쓸 수도 있고, 지상의 유서 깊은 곳들을 여유롭게 돌아다닐 수도 있고, 파르테논 신전의 층계에 앉아 사색에 잠길 수도 있고, 또 아침 10시에 사무실을 나갔다가 4시 30분이면 편안히 집에 돌아와 시를 조금 쓸 수도 있었을 겁니다. 다만 시턴 부인이나 그녀와 비슷한 여성들이 열다섯이란 나이에 실업계에 진출했더라면 아마 ― 이것이 걸림돌입니다만 ― 메리는 태어나지 못했겠지요. 나는 메리에게 그 점을 어떻게 생각하느냐고 물었습니다. 커튼 사이로 보이는 고요하고 아름다운 10월의 밤하늘에 노랗게 물들어가는 나뭇잎들 사이로 별 한두 개가 걸려 있었습니다. 펜 한 번 휘둘러서 5만 파운드가량의 기부금을 퍼넘이 받을 수 있게끔, 메리는 이 아름다운 밤 풍경에 대한 그녀의 몫을, 늘 자랑해온 스코틀랜드의 맑은 공기와 맛있는 케이크의 기억을, 어린 시절에 했던 게임들과 말다툼의 기억을(그들은 대가족이었지만 행복했습니다) 포기할 수 있을까요? 대학에 기부하려면 대가족을 이루진 못했을 겁니다. 재산을 모으면서 아이를 열셋이나 낳는 것은 어떤 인간도 할 수 없는 일이니까요. 이런 사실을 살펴보자고 우리는 말했습니다. 우선 아이가 태어나기까지 아홉 달이 걸립니다. 그리고 아기가 태어납니다. 그러고 나면 아기를 먹이는 데 서너 달이 소모되고 그다음엔 아기와 같이 놀아주는 데 족히 5년이 흘러갑니다. 아이들을 길거리에서 뛰어다니게 방치할 수는 없으니까요. 러시아에서 제멋대로 뛰어다니는 아이들을 본 적이 있는 사람들 말로는 그 광경이 별로 유쾌하지 않았다고 하더군요. 또 한 사람의 성격은 한 살부터 다섯 살 사이에 형성된다고 흔히 말하지요. 만일 내가 말한 것처럼 시턴 부인이 돈을 벌고 있었다면 메리 당신은 놀이들과 말다툼에 대해 어떤 기억을 가지게 될까요? 스코틀랜드와 그 청명한 공기와 케이크와 그 밖의 것들에 대해 무엇을 알 수 있었겠어요? 하지만 이런 질문을 해봤자 아무 소용이 없습니다. 당신은 세상에 존재하지 않았을 테니까요. 더욱이 시턴 부인과 그녀의 어머니와 그 이전의 어머니들이 막대한 재산을 축적하고 대학과 도서관에 재산을 기부했다면 어땠을까 하는 질문도 의미가 없어요. 왜냐하면 우선 그들이 돈을 버는 것은 불가능했고, 설사 그럴 수 있었다 쳐도 자신들이 번 돈을 소유할 수 있는 권리가 법적으로 인정되지 않았기 때문입니다. 시턴 부인이 자신의 돈을 한 푼이라도 가질 수 있게 허용된 지 이제 겨우 48년밖에 안 됩니다. 수백 년 동안 재산은 남편의 것이었으니까요. 이런 사고가 아마도 시턴 부인과 그녀의 어머니들이 증권거래소에 발을 들이지 않는 데 일조했을 겁니다. 그들은 이렇게 말했을 거예요. 내가 버는 돈은 한 푼도 남김없이 다 빼앗길 것이고, 내 남편의 현명한 결정에 따라 아마 베일리얼이나 킹스 대학에 장학 기금을 설립하거나 연구 기금으로 기부될 거야. 그러니 돈 버는 일은, 내가 그럴 수 있다 하더라도, 별로 관심이 가지 않아. 차라리 남편에게 맡기는 편이 낫지.

어쨌든, 스패니얼을 보고 있는 노부인을 비난하건 그렇지 않건 간에 이런저런 사정으로 우리의 어머니들이 자신의 일을 아주 잘못 처리했다는 것은 확실합니다. '삶을 쾌적하게 만들어주는 것들', 즉 새고기와 포도주, 교구 관리와 잔디밭, 책과 여송연, 도서관과 여가를 위해서 단 한 푼도 남길 수 없었으니까요. 아무것도 없는 땅에 아무것도 없는 벽을 세워 올리는 것이 그들이 할 수 있는 최선이었습니다.

그렇게 우리는 창가에 서서 수천 명의 사람들이 매일 밤 바라보듯이 아래 있는 그 유명한 도시의 둥근 지붕과 탑들을 내려다보며 이야기를 나누었습니다. 가을 달빛에 젖은 그 광경은 아주 아름답고 신비로웠습니다. 그 오랜 돌은 무척 희고 유서 깊어 보였습니다. 저 아래 모여 있는 모든 책, 패널을 두른 방에 걸려 있는 옛 고위 성직자와 명사 들의 사진, 포장도로 위에 기이한 구와 초승달 문양을 내비치는 채색된 창문들, 기념패와 기념비와 비문들, 분수와 잔디밭, 고요한 사각형의 안뜰이 내다보이는 조용한 방들을 생각했습니다. 그리고 (이런 생각을 하는 나를 용서하세요) 절로 감탄하게 되는 담배와 술, 편안한 안락의

자와 기분 좋은 양탄자도 생각했습니다. 사치와 사생활을 누릴 수 있는 자유와 공간의 부산물인 세련됨, 온화함, 품위에 대해서 생각했습니다. 확실히 우리의 어머니들은 이 모든 것에 견줄 만한 그 어떤 것도 우리에게 제공하지 못했습니다. 3만 파운드를 모으는 일이 쉽지 않다는 사실을 알게 된 우리의 어머니들, 세인트앤드루스의 목사에게 열세 명의 아이를 낳아준 우리 어머니들 말입니다.

그렇게 나는 숙소로 돌아갔고, 어두운 거리를 걸으며 일과를 마친 사람들이 으레 그러듯이 이런저런 문제에 대해 곰곰이 생각해봤습니다. 왜 시턴 부인이 우리에게 물려줄 돈이 없었을까. 그리고 가난이 마음에 어떤 영향을 미치는지, 또한 부富는 마음에 어떤 영향을 주는지 숙고했습니다. 그리고 그날 아침에 본, 모피 술을 어깨에 늘어뜨린 노신사들을 생각하고, 누가 휘파람을 불면 그들 중 하나가 달려온다는 사실을 기억했습니다. 교회당에서 큰 소리로 울리던 오르간과 도서관의 닫힌 문들을 생각했습니다. 잠긴 문 밖에 있는 것이 얼마나 불쾌한 일인가 생각하다가 어쩌면 잠긴 문 안에 있는 건 더 나쁠지도 모른다고 생각했습니다. 한 성性의 안정과 번영, 다른 성의 가난과 불안정을 생각했고, 작가의 마음에 전통이 미치는 영향과 전통의 결핍이 미치는 영향을 생각하면서, 마침내 이제 그날의 논쟁과 인상, 분노와 웃음과 함께 그날의 구겨진 껍질을 둘둘 말아서 울타리 밖으로 던져버려야 할 시간이라고 생각했습니다. 파랗고 허허로운 밤하늘에는 수천 개의 별이 반짝이고 있었습니다. 풀 수 없는 수수께끼 같은 세상에 나 홀로 있는 것 같았습니다. 사람들은 모두 누워서 잠이 든 채 아무 말이 없었지요. 옥스브리지 거리에서 움직이고 있는 사람은 아무도 없었습니다. 호텔 문조차 보이지 않는 손이 닿은 것처럼 저절로 열렸고, 나를 침대로 인도하기 위해 불을 비춰주려고 앉아서 기다리는 사람도 없었습니다. 시간이 너무 늦었습니다.

그는 읽히기를 거부하는
책이다

에드거 앨런 포

〈군중 속의 사람〉

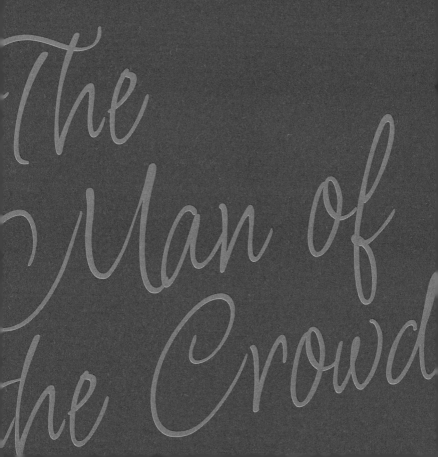

Edgar
Allan Poe

에드거 앨런 포 1809–1849

미국의 작가, 편집자, 평론가. 미국 단편소설의 선구자인 포는 생전에 안목이 뛰어난 문학평론가라는 찬사를 받았지만, 상상력이 넘치는 그의 문학작품들은 대체로 실패작으로 취급되었다. 그는 마흔 살에 세상으로부터 제대로 이해받지 못한 채 세상을 떠났지만, 사후에 시대를 앞서 나간 문학 천재로 인정받았다. 그의 작품들은 미국 문학뿐 아니라 전 세계 문학에 막대한 영향을 미쳤고, 1845년에 발표한 시 〈까마귀〉는 고전의 반열에 올랐다. 그는 또한 추리소설을 최초로 만들어냈다고 평가되며, 과학소설 장르 형성에도 많은 기여를 했다. 포는 근대성 그리고 과거와 현재를 가르는 순간이라는 개념에 깊은 관심을 가졌다. 그가 1840년에 쓴 〈군중 속의 사람〉은 근대 도시가 만들어낸 구체적인 고독의 유형을 가장 초기에 포착한 동시에 가장 성공적으로 묘사한 작품 중 하나다.

군중 속의 사람

'읽히는 것이 허락되지 않는' 어떤 독일 책이 있다. 세상에는 말하는 것이 허락되지 않는 비밀도 있는 법이다. 사람들은 밤에 자신의 침대에서 애처로운 눈빛으로 유령 같은 고해 신부를 바라보며 그의 손을 움켜쥔 채 가슴엔 절망을 품고 목에 경련을 일으키며 죽는다. 아무리 큰 고통을 겪더라도 말할 수 없는 끔찍한 비밀을 안고 있기에. 아아, 때로 인간의 양심은 오직 무덤에서만 던져버릴 수 있는 너무나 끔찍하고 무거운 짐을 짊어지기도 한다. 그렇게 모든 죄의 핵심이 세상의 빛을 보지 못한다.

얼마 전 가을 저녁이 무르익어갈 무렵, 나는 런던에 있는 D 커피하우스의 커다란 내닫이창 앞에 앉아 있었다. 몇 달 동안 건강이 좋지 않았다가 이제 회복기에 들어서 기운이 돌아오고, 권태와는 정확히 반대쪽에 있는 행복을 만끽하고 있었다. 모든 욕망이 강렬해지며 "그때까지 드리워 있던 안개",* 즉 정신적인 시야를 가리고 있던 막이 걷히고, 한껏 충전돼서 평소보다 지극히 예리해진 나의 두뇌는, 라이프니츠**의 생기발랄하면서도 솔직한 이성이나 고르기아스***의 광적이면서도 피상적인 수사학의 경지에 도달해 있었다. 단지 숨을 쉬는 것만으로도 즐거웠고, 여기저기서 느껴지는 고통마저 긍정적이고 기쁘게 받아들일 수 있었다. 마음이 차분해지는 한편으로 모든 것이 굉장히 궁금해졌다.

나는 입에 시가를 물고 무릎 위에 신문을 올려놓은 채 즐거운 저녁 시간을 보내면서, 광고를 찬찬히 보기도 하고, 카페 안에서 시끄럽게 구는 손님들을 관찰하거나, 자욱한 담배 연기가 서린 창문 너머로 보이는 거리를 바라보고 있었다.

그 거리는 런던의 주요 도로 중 하나로, 종일 지나가

* 《일리아스》 5권 127행. 원문은 그리스어로 표기되어 있다.
** 고트프리트 라이프니츠. 독일의 철학자이자 수학자로, 낙관론으로 유명하다.
*** 고대 그리스의 소피스트 철학자. 허무주의자로 불린다.

는 사람들로 붐볐다. 하지만 어둠이 밀려오자 사람들이 점점 더 많아졌고, 여기저기 램프들이 환하게 켜질 무렵 계속 빽빽하게 몰려드는 군중이 두 개의 흐름으로 나뉘어 가게 앞을 세차게 흘러갔다. 이 시각에 이런 상황은 처음이었다. 소란스럽게 지나가는 사람들의 머리가 내 시야를 가득 채우는 그 광경이 너무 신기하고 재미있었다. 결국, 나는 호텔 안에서 일어나는 모든 일에 관심을 잃고 바깥 풍경을 보며 사색에 빠져들었다.

처음에 나는 그 풍경을 추상적으로 관찰하며 일반화하려 했다. 나는 무리 지어 가는 사람들을 바라보며 그들을 하나의 집단으로 봤다. 그러다 곧 세부적인 상황에 눈이 가면서 셀 수 없이 다양한 사람의 체격, 옷, 분위기, 걸음걸이, 얼굴, 표정을 세심하게 관찰했다.

행인들 대다수가 만족스럽고 사무적인 태도로, 어서 거기서 빠져나갈 생각만 하는 것처럼 보였다. 그들은 미간을 찡그리고, 눈동자를 사정없이 굴리면서도, 다른 사람이 밀면 짜증 내는 기색 없이 옷매무새를 바로잡고 서둘러 가던 길을 갔다. 그보다 수는 적지만 여전히 많은 사람이 길을 가는 와중에 안절부절못하면서 얼굴이 붉어진 채 혼잣말을 하는 모습이 보였다. 그들은 군중 속에 있으면서도 고독을 느끼는 것처럼 보였다. 누가 앞을 막으면 혼잣말을 멈췄지만, 몸짓은 더 격렬해지고, 입가에 멍하면서도 과장된 미소를 띤 채 상대가 지나가기를 기다렸다. 누가 밀치고 지나가면 상대에게 비굴할 정도로 고개를 숙이며 사과하고, 당황스러워 어쩔 줄 몰라 했다. 지금까지 내가 언급한 점을 제외하면 이들에게 독특한 특징 같은 건 보이지 않았다. 복장으로 보아 이들은 품위라는 신랄한 기준에 부합하는 계층에 속했다. 고로 이들은 귀족, 무역상, 변호사, 소매상인, 주식 중개인, 즉 귀족이나 평범한 사회인이자 자기 사업을 정력적으로 꾸려가는 부유한 사람들이었다. 하지만 별로 나의 관심을 *끄는* 부류는 아니었다.

사무원 무리는 보자마자 알아챌 수 있었다. 여기에도 두 개의 뚜렷하게 구분되는 집단이 존재했다. 악덕 회사에서 일하는 사무원들이 한 부류로 이 젊은이들은 몸에 딱 붙는 코트를 입고, 번쩍이는 구두를 신고, 번들거리는 머릿기름을 발랐고, 입가에 거만한 표정을 짓고 있다. 양복쟁이란 말 말고는 적당히 떠오르는 단어가 없긴 하지만 이런 말쑥한 차림새는 차치하더라도, 이들의 태도는 12개월에서 18개월 전에 세련의 극치에 있던 유행을 고스란히 베낀 것 같은 인상을 풍긴다. 이들은 상류계급이 이미 내다 버린 세련의 껍데기를 몸에 두르고 있다. 이것이야말로 이 부류에 대한 가장 정확한 정의라고 나는 생각한다.

건실한 회사들에 근무하는 고위 사무직원들, 혹은 '오래되고 믿음직스러운 직원들'로 불리는 부류는 당최 몰라볼 수가 없다. 그들은 검은색이나 갈색 코트와 바지를 즐겨 입고, 넥타이와 조끼, 폭이 넓고 튼튼해 보이는 구두, 긴 양말이나 각반을 즐겨 착용한다. 모두 머리숱이 별로 없고, 오랫동안 펜을 끼워두는 습관 때문에 귀 위쪽이 이상한 모양으로 튀어나와 있었다. 내가 목격하기로 그들은 모자를 벗거나 쓸 때 항상 양손을 쓰고, 짧은 금 사슬이 달린 묵직하고 고풍스러운 회중시계를 지녔다. 그들은 대체로 점잖은 척했다. 마치 그렇게 가식을 떠는 것이 고결하고 명예로운 행위인 것처럼 말이다.

외모가 지나치게 근사한 사람도 꽤 많았지만, 이들이 대도시마다 우글거리는 솜씨 좋은 소매치기 족속이라는 걸 쉽게 알 수 있었다. 나는 이 무리를 아주 흥미롭게 관찰하면서 사람들이 어떻게 이들을 신사로 오해할 수 있는지 이해할 수 없었다. 이들의 불룩한 허리띠와 꾸며낸 태도만 봐도 정체를 금방 알아챌 수 있지 않나?

내가 본 노름꾼만 해도 한두 명이 아니었는데, 이들은 소매치기보다 훨씬 더 쉽게 알아볼 수 있었다. 옷차림은 각양각색이지만, 벨벳 조끼에 화려한 네커치프,* 금박 사슬, 금은 세공을 한 단추로 치장한 불량배 복장부터 의심할 구석이라곤 하나도 없이 주도면밀하게 간소해 보이는 성직자의 복장까지 다양했다. 그래도 부석부석하고 거친 피부와 흐릿하고 퀭한 눈초리, 꽉 다문 창백한 입술이라는 특징 덕분에 쉽게 알아볼 수 있었다. 게다가 또 다른 특징이 두 개 더 있었다. 말을 할 때 주위를 경계하느라 목소리를 낮추고, 다른 사람들과는 달리 엄지손가락을 다른 손가락과 직각이 되도록 뻗는 버릇이 있다는 점이나. 이런 전문 도박사들과 함께 다니는 사람들은 보기에는 좀 달라도 결국 한통속이다. 이들을 일종의 재주로 벌어 먹고사는 신사라고 할 수도 있겠다. 사람들을 등쳐

---

* 장식이나 보온을 위해 목에 두르는 정사각형의 얇은 천.

서 먹고사는 이들도 두 부류가 있는데, 하나는 멋쟁이들이고, 다른 하나는 군인이다. 전자의 특징은 장발과 미소이고, 후자의 경우는 프록코트와 찌푸린 표정이다.

신사라고 불리는 계급 밑으로 내려가면 생각해볼 만한 가치가 있는 더 어둡고 심오한 대상을 발견하게 된다. 어떤 유대인 행상을 봤는데 그의 눈은 매처럼 날카로웠지만, 표정은 너무나 비굴하고 겸손했다. 거리의 터줏대감인 억센 거지들은 자신의 밥그릇을 노리는 비렁뱅이들을 험악하게 노려봤다. 그들도 가난에 절망해서 사람들의 적선을 바라며 밤거리로 뛰쳐나왔을 뿐인데.

금방이라도 사신의 손길이 닿을 것처럼 보이는 쇠약하고 유령 같은 병자들도 군중 속을 힘없이 비척비척 걸어가고 있었다. 그들은 우연하게라도 위로받고, 잃어버린 희망을 되찾으려는 것처럼 애원하는 표정으로 지나가는 사람들을 바라봤다. 또한 고단한 하루 일을 마치고 밤늦게 쓸쓸한 집으로 돌아가던 수수한 젊은 여자들은 자신의 온몸을 훑어보고 건드리기까지 하는 무뢰한들에게 화도 못 내고 당장이라도 울 것 같은 표정으로 몸을 움츠렸다. 모든 연령대와 각양각색의 거리의 여자들을 볼 수 있었다. 전성기에 오른 독보적인 미모는 대리석처럼 피부가 하얗고 고운 루키아노스*의 석상을 떠올리게 하지만 내면은 추악한 여자들, 보석과 화장으로 주름진 얼굴을 치장해 젊음을 되찾으려 안간힘 쓰는 늙은 여자들, 아직 미숙한 나이지만 끔찍한 교태를 부리며 자기보다 나이가 많은 여자들에게 지지 않으려는 악덕과 야심에 불타는 어린 여자들.

이루 말로 다 표현할 수 없는 모습의 술고래들도 헤아릴 수 없이 많았다. 넝마를 걸치고 멍이 들고 흐리멍덩한 눈에 취한 얼굴로 알아듣지도 못할 말을 중얼거리며 비틀거리는 이들이 있는가 하면, 더럽긴 하지만 말짱한 옷을 입고, 두툼하고 관능적인 입술에 불그레하게 혈색이 좋은 얼굴로 휘청거리며 걷는 여자들도 있다.

반면 한때는 고급스러웠을 낡은 옷을 깨끗이 빨아 입고 힘 있게 성큼성큼 걷지만, 안색은 지독하게 창백하고 소름 끼칠 정도로 충혈된 눈초리가 사나운 사람들도 있었다. 인파를 헤치고 앞으로 나아가면서 덜덜 떨리는 손으

---

* 고대 그리스의 저술가. 《꿈》에서 석상의 아름다움을 언급했다.

로 가까이 오는 건 뭐든 움켜쥐려 했다. 그들 말고도, 파이 장수, 짐꾼, 석탄 운반부, 청소부, 손풍금 연주자, 원숭이 조련사, 길거리 노래꾼, 그렇게 물건을 팔러 다니는 사람들, 초라한 옷을 입은 직공들과 지칠 대로 지친 인부들이 지나갔다. 이들이 떠들어대는 시끄러운 소리와 지나친 활기는 귀에만 거슬리는 게 아니라 눈까지 아프게 했다.

밤이 깊어가면서 밤에 펼쳐지는 풍경에 대한 나의 관심 역시 깊어졌다. 군중의 전반적인 특징이 크게 바뀌었을 뿐만 아니라, 날이 저물자 온갖 파렴치한들이 자신의 소굴에서 슬슬 나오면서 평범한 시민들은 점차 모습을 감추고, 상대적으로 거친 자들의 존재가 뚜렷하게 두드러지기 시작했다. 처음에는 저물녘의 햇살과 다투느라 영 힘을 못 썼던 가스등 불빛도 마침내 그 기세를 더해 여기저기 순간순간 화려한 불빛으로 비췄다. 어둡지만 아름다운 풍경이었다. 흑단 같은 밤의 황홀함은 테르툴리아누스 교부*의 문체에 비견될 만했다.

그 인상적인 불빛이 자아내는 효과 덕분에 개개인의

---

* 2세기경 기독교 성직자. 아름다운 라틴어 문체로 정평이 나 있다.

얼굴을 좀 더 자세하게 관찰했다. 창문 너머로 비치는 빛의 세계는 워낙 빠르게 변해서 사람들의 얼굴을 한 번 흘끗 보는 것이 고작이었다. 하지만 그때 내 마음이 워낙 독특한 상태에 있었기 때문에, 그 한 번의 응시만으로도 그들의 얼굴에서 종종 오랜 세월의 이력을 읽을 수가 있었다.

그렇게 창문에 이마를 바짝 대고 정신없이 군중의 얼굴을 관찰하는데 갑자기 어떤 얼굴이 눈에 들어왔다. 65세에서 70세 사이로 보이는 노인이었는데 그 묘한 표정에 대번에 사로잡히고 말았다. 그것은 내가 그때까지 본 그 어떤 표정과도 달랐다. 그 얼굴을 보자마자 떠오른 것은 화가 레치*가 보았더라면 자신이 그린 악마의 초상보다 훨씬 더 마음에 들어 했겠군, 하는 생각이었다.

그 순간적인 관찰을 바탕으로 그걸 분석하고 거기서 받은 인상을 표현해보려고 하는 순간 마음속에서 엄청난 혼란과 모순이 교차했다. 어마어마한 정신력, 경계심, 극빈, 탐욕, 냉담, 악의, 잔인함, 승리감, 유쾌함, 극단적인 공포, 강렬하면서도 더는 어쩌지 못할 정도로 크나큰 절망

---

* 독일의 화가 모리스 레치.《파우스트》의 삽화를 그렸다.

같은 감정이 밀려왔다. 나는 몹시 흥분됐고, 경악했고, 매료되었다. 나는 혼잣말로 중얼거렸다.

"저 노인의 가슴에 얼마나 크나큰 격동의 역사가 쓰여 있을까!"

그를 계속 지켜보면서 그에 대해 더 많이 알고 싶다는 처절한 욕망이 치솟았다. 나는 허겁지겁 외투를 걸치고 모자와 단장을 움켜쥐고 거리로 나가 그가 사라진 방향으로 인파를 헤치며 갔다. 마침내 어렵사리 노인의 모습을 찾아 그가 눈치채지 못하게 조심하면서 바짝 다가가 뒤를 쫓기 시작했다.

이제 그를 가까이서 관찰할 좋은 기회였다. 그는 키가 작고 몹시 여윈 데다 언뜻 보기에도 무척 약해 보였다. 옷은 전반적으로 지저분하고 너절했다. 그러나 이따금 가스등의 강한 불빛에 비친 리넨 셔츠는 더럽기는 해도 천 자체는 아주 고급이었다. 순간 내가 착각했을지도 모르지만, 언뜻 봐도 중고임을 알 수 있는, 단추를 꼭꼭 채운 외투의 찢어진 틈 사이로 다이아몬드와 번득이는 단검이 언뜻 보였다. 그것 때문에 이 낯선 노인이 더 궁금해져서 끝까지 쫓아가겠다고 마음먹었다.

이제 완전히 밤이 됐다. 짙고 습한 안개가 도시 전체에 드리워지더니 굵은 빗방울이 쏟아졌다. 갑자기 변한 날씨가 군중에게 기묘한 영향을 끼쳤는지 사방이 소란스러워지더니 수많은 우산이 허공으로 올라왔다. 머뭇거리고, 밀치고, 왁자지껄한 소음이 열 배로 커졌다. 나로선 비를 맞아도 별 상관없었다. 오래된 미열의 잔재가 아직 몸에 남아서 위험할 정도로 기분이 좋아졌다. 나는 손수건으로 입을 가린 채 미행을 계속했다.

노인은 30분 동안 몰려든 인파를 힘겹게 헤치고 나아갔다. 혹시나 놓칠까 바짝 붙어 따라갔다. 하지만 그는 단 한 번도 뒤를 돌아보지 않았다. 내가 따라오는 것을 눈치채지 못한 것이 확실했다. 곧 그는 교차로로 들어갔다. 거기도 사람들로 북적거리긴 했지만 좀 전에 나온 대로에 비하면 한결 사람이 적었다. 여기서 그의 거동이 확연히 달라졌다. 발걸음이 느려지고 어디로 가야 할지 몰라 망설이는 모양새였다. 그는 언뜻 보기에 별다른 목적 없이 골목을 가로질렀다가 다시 되돌아왔다. 거기는 아직 사람들로 붐비는 곳이어서 뒤에 바짝 붙어서 따라가야 했다.

그는 좁고 긴 길을 근 한 시간 동안 배회했다. 그러는 사이 거리에 있는 사람들이 점차 줄어서 뉴욕 센트럴파크 옆 브로드웨이의 정오 때와 비슷한 수준까지 내려왔다. 런던 거리는 미국에서 가장 조밀한 도시와는 그 혼잡함의 수준이 다르다. 그 거리를 한 번 더 돌아서 방향을 틀자 불빛이 환하고 활기가 넘쳐흐르는 광장이 나왔다. 노인의 거동이 다시 이전으로 돌아갔다. 그는 고개를 살짝 숙이고, 찌푸린 이마 아래 눈동자를 사정없이 굴리면서 자기 옆에 지나가는 사람들은 다 노려봤다. 그러면서 꾸준하고 끈기 있게 앞으로 나아갔다. 하지만 그 광장을 한 바퀴 돈 뒤에 다시 왔던 길로 가는 노인을 보고 나는 깜짝 놀랐다. 더 놀라운 일은 그가 한 번도 아니고 몇 번이나 같은 일을 되풀이했다는 점이다. 한번은 그가 느닷없이 방향을 트는 바람에 들킬 뻔했다.

그는 이런 식으로 또 한 시간을 보냈다. 그 무렵엔 그의 앞길을 방해하는 사람도 많이 줄었다. 비는 세차게 쏟아지고, 공기는 차가워지고, 사람들은 집으로 돌아가고 있었다. 배회하던 노인은 초조해하는 몸짓을 보이더니 상대적으로 인적이 끊긴 옆길로 들어갔다. 400미터쯤 되는 그 거리를 노인이라고는 생각할 수 없을 정도로 빨리 걷는 바람에 따라잡느라 혼났다. 몇 분쯤 쫓아가자 크고 번화한 시장이 나왔다. 노인은 이곳 지리에 익숙한 듯 도착하자마자 다시 예전처럼 행동했다. 물건을 사고파는 사람들 사이에서 정처 없이 돌아다니기 시작한 것이다.

우리는 그곳에서 대략 한 시간 반쯤 돌아다녔다. 노인에게 들키지 않고 따라가려니 대단히 조심해야 했다. 다행히 생고무로 만든 방수 덧신을 신어서 소리 없이 다닐 수 있었고 노인은 내 존재를 눈치채지 못했다. 그는 이 가게 저 가게를 연달아 들어갔지만, 물건 값을 묻지도 않고, 아무 말도 하지 않았다. 그저 사납고 공허한 눈길로 가게 안의 물건들을 돌아볼 뿐이었다. 나는 그런 행동에 경악했고, 이 노인에 대해 어느 정도 알아내기 전까지는 절대 놓치지 않겠다고 굳게 마음먹었다.

괘종시계가 요란한 소리로 11시를 알리자 손님들이 서둘러 시장을 빠져나갔다. 어떤 가게 주인이 셔터를 내리다가 노인을 거칠게 밀치자 순간 노인이 몸서리쳤다. 그는 얼른 길가로 나가서 잠시 불안한 눈빛으로 주위를 둘러봤다. 그러더니 믿을 수 없을 정도로 빨리 인적 없는 구불구불한 골목길을 달리기 시작해서 급기야 미행을 처음 시작한 D 호텔이 있는 대로변에 이르렀다. 하지만 그곳의 분위기는 아까와 달랐다. 가스등은 여전히 환하게 빛나고 있었지만, 장대비가 쏟아져 행인은 보이지 않았다. 노인의 얼굴에서 핏기가 가셨다. 그는 울적한 표정으로 아까 사람들로 붐볐던 대로를 몇 걸음 걷다가, 땅이 꺼지라고 한숨을 내쉬더니, 강 쪽으로 몸을 돌렸다. 그렇게 구불구불한 뒷골목들을 한참 걷다가 결국 대형 극장이 보이는 앞길로 나왔다. 극장은 폐관 직전이라 관객들이 떼를 지어 나오고 있었다. 나는 그 노인이 마치 숨이 턱 막히는 것처럼 헉 소리를 내더니 군중 한가운데로 들어가는 모습을 보았다. 하지만 지극히 괴로워 보이던 얼굴은 조금 편안해진 것 같았다. 그는 다시 고개를 조금 숙인 채 내가 처음 목격했을 때와 비슷한 상태로 돌아갔다. 이제 그가 관객들이 많은 곳으로 움직이는 모습을 봤지만, 이런 변덕스러운 행동을 하는 이유를 도통 짐작할 수 없었다.

노인이 걸어가는 동안 사람들이 점점 흩어지자 그의 불안과 동요가 다시 돌아왔다. 그는 시끄럽게 흥청거리는 열두엇쯤 되는 무리 뒤를 한동안 바짝 따라갔지만, 그러다 한두 명씩 떨어져 나가 인적이 드문 좁고 음침한 골목

길에 이르렀을 때는 결국 셋밖에 남지 않았다. 노인은 멈춰 서서 잠시 생각에 잠긴 눈치였다. 그러더니 불안해서 어찌할 줄 모르는 표정으로 런던 변두리로 이어지는 길을 빠르게 걸어갔다. 그 지역은 우리가 지금까지 다닌 여러 거리와는 아주 달랐다. 그곳은 런던에서 가장 불쾌한 지역이었다. 모든 것에서 비통할 정도의 빈곤과 절망적인 범죄의 기운이 풍기는 곳이었다. 가끔 비치는 램프의 희미한 불빛 아래 모습을 드러내는 높고 낡은 데다 벌레 먹은 목조 건물들은 금방이라도 무너질 것 같았고, 건물 사이로 난 길들은 잘 보이지도 않았다. 포석은 무성하게 자란 풀에 옆으로 밀려나 멋대로 깔려 있었다. 꽉 막힌 도랑에서는 끔찍한 오물이 썩어가고 있었다. 지극히 황량한 곳이었다.

그래도 계속 가다 보니 사람들 소리가 또렷하게 되살아났고, 드디어 런던 시민 중에서 가장 소외된 사람들이 이리저리 비틀거리며 돌아다니는 광경이 보였다. 노인은 마치 꺼지기 직전에 명멸하는 램프처럼 다시 기운을 차리고 기세 좋게 앞으로 나아갔다. 길모퉁이를 돌자 별안간 휘황찬란한 불빛이 시야에 들이쳤다. 우리는 도시의 변두리에 흩어진 무절제한 주신의 거대한 신전, '술'이라는 이름의 악마가 사는 궁전 앞에 와 있었다.

이제 곧 동이 틀 시간이었지만 한심한 주정뱅이들이 여전히 술집을 들락거리고 있었다. 노인은 기뻐서 반쯤 비명에 가까운 소리를 지르더니 술집 안으로 들어갔다. 그는 곧 원래의 상태로 돌아가 술꾼들 사이를 하릴없이 오갔다. 그러나 얼마 못 가 술꾼들이 한꺼번에 몰려나온 광경을 보니 술집 주인이 문을 닫는다고 말한 것 같았다. 지금까지 내가 집요하게 관찰한 이 기이한 인물의 얼굴에 절망보다 더 강렬한 어떤 감정이 떠올랐다. 그러나 그는 하던 일을 멈추지 않고, 광적인 힘으로 발걸음을 돌려 즉시 왔던 길을 따라 거대한 런던의 심장부로 돌아가기 시작했다.

성큼성큼 나아가는 노인을 따라가며 나는 놀랐고, 이전보다 더 강한 호기심에 사로잡혀 끝까지 놓치지 않겠다고 결심을 굳혔다. 그렇게 걷다 보니 어느덧 해가 떴다. 우리는 이 조밀한 도시에서도 가장 혼잡한 중심가인 D호텔이 있는 곳으로 다시 돌아왔다. 거리는 어젯밤 못지않게 북적거리며 활기가 넘쳤다. 시시각각 혼잡스러워지는 이 거리에서 나는 끈질기게 이 기이한 노인을 미행했다. 하지만 그는 종일 번잡한 거리를 떠나지 않고 이리저리 돌아다니기만 했다. 둘째 날 저녁에 어둠이 깃들 무렵 지쳐서 죽을 것 같았던 나는 이 방랑자 앞을 막고 서서 얼굴을 뚫어져라 들여다보았다.

그러나 그는 내 존재를 깨닫지 못한 채 그 엄숙한 산책을 다시 시작했다. 나는 그를 따라가길 멈추고 곰곰이 생각에 잠겼다.

"저 노인은," 나는 결국 입을 열었다.

"심오한 죄악의 전형이자 귀재이다. 그는 홀로 있기를 거부한다. 그는 군중 속에서만 편안해지는 사람이다. 더 쫓아가 봐야 그에 대해, 그의 행동에 대해 아무것도 알아낼 수 없다. 세상에서 가장 끔찍한 마음이 바로 그런 마음일 거야.《호르툴루스 아니마에》*보다 더 끔찍한 책이지. 읽히기를 거부한다는 것은, 어쩌면 신이 내린 자비로운 은총일지도 모르겠다."

---

* 16세기의 기도서. 영혼의 정원이라는 뜻이다.

영혼이 머무는
극적이자 사적인 공간

에밀리 디킨슨

〈고독의 공간이 있다〉

There is a

solitude of

space

Emily Dickinson

에밀리 디킨슨 1830 – 1886

미국의 시인. 1,800여 편에 달하는 시를 썼다. 그중 많은 시가 현대시의 걸작으로 평가받고 있지만, 생전에 발표한 시는 극소수에 지나지 않는다. 매사추세츠주의 애머스트에서 태어나 평생 일종의 은둔자로 살아갔다. 1850년대 후반부터 디킨슨은 바깥세상에서 물러나 대부분의 우정은 편지 왕래를 통해 유지했고, 종종 자기 방에서 나오는 것조차 거부했다. 사후에 그가 평생 쓴 시들이 모두 세상에 공개됐다. 1930년대부터 그는 시인으로 명성을 얻었고, 지금은 독특하고, 엄격하며, 심오한 철학을 가진 위대한 시인으로 확고한 위치를 차지하고 있다. 그의 작품은 간결한 문체와 기존 관념에 이의를 제기하는 도전적이면서 수수께끼 같은 내용이 특징으로 다른 시인들의 작품과 확연히 차별화된다.

고독의 공간이 있다

고독의 공간이 있다

바다의 고독

죽음의 고독, 하지만

이런 곳들도

좀 더 심오한 곳과는 비교할 수 없으니

그 극적이자 사적인 공간인

영혼이 머무는 곳이야말로

고독이 끝나지 않는 곳

남을 위해서는
이제껏 충분히 살았으니

미셸 드 몽테뉴

〈고독에 대하여〉

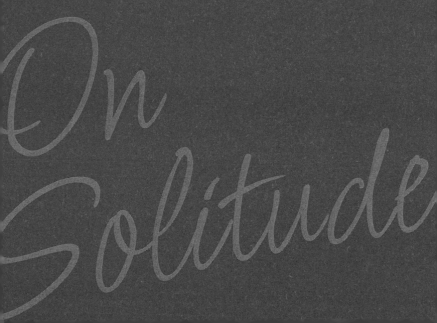

Michel

de Montaigne

미셸 드 몽테뉴 1533~1592

프랑스의 철학자이자 사상가, 수필가. 몽테뉴는 프랑스 페리고르 지방의 부
유한 가문에서 태어났다. 어린 시절 아버지가 집에서 라틴어로만 말하게 했
다는 일화에서 드러나듯이 일찍부터 인문주의 교육을 받았다. 보르도의
기숙학교를 거쳐 열여섯 살에 툴루즈 대학에서 법학을 공부했고 스물네
살에 법관이 되었다. 16세기 후반 프랑스에서 구교와 신교 간의 종교전쟁이
일어났을 때 보르도 시장으로 두 번이나 원치 않게 임명되어 중재역을 맡
았다. 1571년 서른여덟 살에 관직에서 은퇴해 '요새'라고 부른 자기 소유의
성 서재에서 은거하며 《에세》(수상록)를 썼다. 에세이essay 형식의 기원인 이
작품은 서구 철학과 문학에 지대한 영향을 미쳤다.

고독에 대하여

　　활동적인 생활과 고독한 생활 사이의 해묵은 비교는
접어두기로 하자. 그리고 "우리는 모두 자신이 아니라 국
민을 위해 태어난 것이다"라는 루크레티우스의 명언은 공
무에 전념하는 자들에게 넘기기로 하자. 그들에게 가슴에
손을 얹고 말해보라고 하자. 국가에 봉사하기 위해서라기
보다 사적인 이익을 손에 넣기 위해 직함과 공직을 열망
하고 있지는 않은지 물어보자. 인간은 어디서나 선할 수
도 있고 악할 수도 있다. 하지만 "대다수 사람은 악하다"
라는 비아스*의 말이 사실이라면, 또는 〈전도서〉에서 말
하듯 천 명의 사람 가운데 선한 사람이 하나도 없다면, 그

---

* 고대 그리스의 정치가. 그리스의 일곱 현인 중 한 명으로 일컬어진다.

런 식으로 악이 퍼지는 것이니 군중 속에 있는 건 아주 위험하다. 사람은 악인을 모방하거나 증오하기 마련이며 둘 다 위험하다. 그런 사람들이 많으니 그들을 흉내 낼 위험이 있고, 그들이 자신과 달라서 그들을 미워할 위험이 있으니까.

항해하는 상인들은 현명하게도 방탕한 이들을 배에 태우지 않는다. 그런 이들과 어울리면 불운해진다고 판단하기 때문이다. 반대로 선량한 이들과 어울리면 항상 복이 찾아온다. 포르투갈 왕이 인도에 보낸 총독인 알부케르크는 그렇게 생각했기에 배를 타고 항해하다 절체절명의 위기에 처했을 때 어린아이를 자기 어깨에 앉혔다. 순수한 그 아이를 하늘이 지켜줘서 무사히 육지에 도착할 수 있을 거라는 생각에서였다. 카론다스*는 불량한 무리와 어울린다는 비난을 받은 악한들을 벌했다. 안티스테네스**가 나쁜 패거리와 자주 놀러 다닌다는 질책을 받았을 때 내놓은 대답은 내가 듣기엔 별로 만족스럽지 않았다. 그는 "환자들 속에 있는 의사들도 건강하게 잘만 살아간다"라고 대답했다. 의사들은 환자를 치료하는 데 이바지하긴 하

* 고대 그리스의 법률가. 시칠리아의 입법자였다.
** 고대 그리스의 철학가. 견유학파의 창시자로 소크라테스의 제자였다.

지만 그럼으로써 그 병에 전염돼 자신의 건강을 해치기도 하니까 말이다. 우리는 종종 지금 하는 일을 그만두고 그 상황에서 빠져나와 머나먼 나라로 여행을 갈 거란 상상을 하지만, 이성적이고 신중하게 처신하지 않는 한, "세상 근심에서 벗어나려 말을 타고 외국으로 가는 자는, 거기서 분명 그 근심과 마주치게 될 것이다."(호라티우스)*

세상사에 집착하는 한 수도원에 가든 사막에 가든 그것은 언제나 우리를 따라다닌다. 먼저 지나친 욕망에서 해방돼 자신을 억압하는 짐을 내려놓고 자유로워지지 않는 한, 여기저기 떠돌아다닐수록 환자처럼 더 해로운 일만 일어날 것이다.

> 당신은 말하겠지, 마침내 쇠사슬을 끊어버렸다고.
> 개는 자기를 단단히 묶고 있던 사슬을
> 갉아서 끊고 달아나고 있지만,
> 여전히 발치에서 덜거덕거리며 끌려오는 사슬을 느낀다.
>
> —루크레티우스**

---

* 로대 로마의 시인.
** 고대 로마의 철학자이자 시인.

호라티우스는 말했다. "열정에 사로잡힌 인간은 마음을 좀먹는 근심에 시달린다. 그런 인간이 시달리지 않을 공포가 어디 있으며, 그가 빠져들지 않을 거만, 방탕, 오만, 사치, 나태의 바다가 어디 있겠는가?" 우리는 그런 후에 헛되이 고독에서 진정한 휴식을 찾으려 하지만, 그런 휴식은 타고난 기질에 맞는다면 사람들로 북적거리는 도시와 궁궐에서도 누릴 수 있다. 다만 나는 사람들에게서 떨어져 있을 때 좀 더 여유롭게 그런 휴식을 누릴 수 있음을 고백한다. 속세의 쾌락과 부를 즐길 수도 있지만, 그것이 행복의 필수 조건이라고 믿는 한 마음 편히 지낼 수는 없다. 우리는 반드시 혼자 있을 수 있어야 하며, 거기서 진정으로 자유로워질 수 있는 나만의 방을 마련해야 한다. 고독을 올바르게 활용하는 법을 아는 사람들에게 그런 칩거란 세계 속에 또 하나의 세계가 있는 것과 같다. 놀라 시가 야만인들에게 파괴돼서 전 재산을 잃고 포로가 된 그 도시의 주교 파울리누스는 신에게 이렇게 기도했다. "하느님, 이 상황에서 제가 괴로움을 느끼지 않도록 지켜주시옵소서. 당신께서 아시는 바와 같이 진실로 제 것이었던 것은 하나도 잃지 않았기 때문입니다. 저는 여전히 세상이 빼앗아갈 수 없는 부를 지니고 있습니다."

가장 활동적인 전성기에 나라를 위해 봉사해온 이들
은 고독을 추구할 최상의 구실이 있어 보인다. 지금까지
다른 사람들을 위해 충분히 열심히 살아왔으니, 적어도
얼마 남지 않은 여생은 우리 자신을 위해 평화롭게 쉬며
살 수 있도록 해주시오! 신이 우리에게 이사 준비를 하고
그걸 마음대로 좌지우지할 수 있도록 일로부터 해방시켜주
셨으니, 어서 짐을 싸서 친구들을 떠나자. 우리가 매여 있
는 의무라는 속박이 아무리 강하더라도 벗어나야 한다. 그
리고 정도 떼버려야 한다. 어디에든 너무 가까워져서 헤어
질 때 몸의 일부가 떨어져 나갈 정도로 집착해선 안 된다.

이제는 사회에서 벗어날 때다. 사회에 더는 보탬이 될
수 없는 때가 왔기 때문이다. 남에게 빌려줄 상황이 안 되
는 자는 빌리지도 말아야 하는 법이다. 힘이 떨어지기 시
작해서 더는 외부에 봉사할 수 없는 상황이 되면, 그 힘을
우리 안으로 거둬들여서 자신에게 집중해야 한다.

다른 사람들에게 쓸모없고 성가신 존재가 되어가는
이 쇠락기에 스스로에게마저 그런 존재가 되는 일은 피해

야 한다! 조금이라도 허튼짓을 하면 수치스러워지도록 자신의 이성과 양심을 존중하는 방식으로 자신을 다스리자. 쿠인틸리아누스는 말했다. "인간이 자신을 충분히 존중하는 것은 아주 드문 일이다." 소크라테스는 "청년은 교육을 받아야 하고, 장년은 선을 행해야 하며, 노년에는 모든 공적인 의무에서 물러나 자기 뜻대로 살아가야 한다"라고 말했다.

　세상에는 은둔하기에 남보다 더 적합한 성격의 사람들이 있다. 소심하고 겁이 많은 데다, 섬세한 감정과 정서를 지니고 있으며, 어떤 속박에도 쉽게 굴하지 않는 사람들이 이런 변화에 더 만족스럽게 적응하는 편이다. 나도 이런 사람이라는 점을 인정한다. 하지만 성정이 좀 더 적극적인 사람들, 모든 중요한 일에 열정적으로 참여하는 사람들은 쉽게 잊히거나, 높은 지위에 수반되는 권력과 이득을 포기하려 하지 않을 것이다. 내 생각에 부차적인 조건들이 마음에 든다면 누려야겠지만, 그렇다고 해서 그걸 우리 행복의 근본적인 토대로 삼아선 안 된다.

　자연이든 이성이든 우리에게 타인의 의견을 노예처럼 따르라고 한 적은 없으며, 몇몇 사람들이 그런 것처럼,

신앙의 원칙에 따라 운명이 일으키는 불행한 사고들을 예상해 지금 있는 축복을 자발적으로 버리라고 한 적도 없다. 예를 들어, 가진 돈을 강물에 던져버린다거나, 자신의 두 눈을 도려낸다거나, 현생을 덜 즐길수록 내세에서 더 큰 복을 누린다는 이론을 믿고 일부러 불행과 비탄을 찾아 나서는 그런 짓 말이다. 내가 보기에 그런 행위는 다 이성에 반하는 짓이다. 행운의 여신이 나에게 미소를 보내는 동안 그녀가 변덕을 누릴 때를 대비하고, 편안한 생활을 즐기고 있을 때는 한껏 상상력을 발휘해 재난이 닥칠 때 어떻게 할 것인지 그려보는 것으로 족하다. 마치 세상이 평화로울 때 전쟁 흉내를 내면서 창 시합과 기마 시합을 벌이는 것처럼 말이다.

나는 철학자 아르케실라오스가 형편이 여유로웠을 때 금그릇과 은그릇을 사용했다고 해서 그를 절제력이 부족한 사람이라고 생각하지 않는다. 오히려 그런 사치를 거부하지 않고, 분수에 맞춰 마음껏 누렸기에 더 높게 평가한다.

나는 빈곤이 인간에게 미칠 수 있는 영향력의 한계를 알고 있다. 그래서 우리 집을 찾아오는 거지가 종종 나보다 더 건강하고 명랑한 점에 주목하며, 나도 그처럼 밝은 마음을 가지려고 노력한다. 같은 맥락에서 다른 예들을 들어보자면, 죽음과 가난, 경멸과 질병이 따라다니는 상황을 나보다 부족한 사람이 불평 한마디 없이 견뎌내고 있으니 나 역시 인내심을 가지고 견뎌낼 수 있다고 생각한다.

훌륭한 가르침을 받지 못한 사람이 많이 배운 사람보다 우월하지 않으며, 지혜의 힘이 습관의 힘에 미치지 못할 리 없다고 믿는다. 인간은 언제나 자신이 누리는 세상의 편리함에 완벽하게 만족하지 못한다는 사실을 생각하며, 내가 인생의 격렬한 부침 속에서도 언제나 만족할 수 있게 해달라고 전능하신 하느님께 기도드렸다.

은퇴한 사람은 힘든 일을 하면 안 되지만 그렇다고 아무 일도 하지 않으면 안 된다. 그랬다간 고독한 생활에서 아무것도 얻을 수 없다. 다만 일은 취향에 따라 선택해야 한다.

소 플리니우스가 이 주제에 관해 한 말을 한번 들어보자. 그는 친구 코르넬리우스 루푸스에게 이렇게 편지를 썼다. "은거하는 동안 자네의 것이라고 할 만한 것이 될 무언가를 끌어내기 위해 온전히 학문에 몰두해보게." 여기서 '무언가'란 명성을 말한다. 키케로와 비슷한 생각인 셈인데, 그 역시 공직에서 은퇴해 홀로 글을 씀으로써 영원한 명성을 얻고 싶다고 이야기했다.

누군가가 속세를 떠나겠다고 말한다면, 자신의 공적 자아도 포기하는 것이 당연해 보인다. 이 점에서 플리니우스와 키케로의 은퇴는 절반의 은퇴다. 그들은 세상을 떠나겠다는 의지를 밝히면서도, 여전히 자신이 즐기는 은퇴 생활의 결실을 세상에서 거두겠다는 우스꽝스러운 모순에 처해 있다.

종교적 이유로 고독을 추구하는 사람들, 내세에서 신의 약속이 이뤄지리라는 확신이 머릿속에 가득 차 있는 사람들의 사상이 훨씬 더 합리적이다. 그들에겐 무한히 선하고 무한한 능력이 있는 신이 그들의 목적 그 자체니까. 그래서 그들은 아주 자유롭게 그 욕망을 충족시킬 수 있다. 그들은 내세에 영원한 건강과 기쁨을 얻을 수 있기에 현재의 욕망을 박탈당하는 것도 기꺼이 받아들인다. 죽음은 완전한 상태에 이르는 길이기 때문에 바라마지않는다. 내세에는 영원히 죽지 않고 행복할 것이라는 희망이 있으니 이승의 쾌락과 편리함을 포기하는 것도 당연하게 여겨진다. 이렇게 고독 속에서 적극적이고 굳건한 믿음으로 영혼을 불태울 수 있는 사람은 그 어떤 지상의 축복을 받는 것보다도 더 우월하고 기분 좋은 인생을 살아간다.

하지만 키케로의 조언에서는 그럴 수 있는 수단도, 결과도 나오지 않는다. 그것은 마치 작은 악을 떠나서 더 큰 악으로 들어가는 것과 같다. 학문을 추구하는 일이란 다른 일만큼 고통스럽고, 건강에도 아주 해롭다. 이 점을 먼저 고려해야 한다.

책을 읽는 건 즐겁다. 하지만 지나치게 공부하다 보면 우리가 가진 최상의 것인 유쾌한 성품과 건강을 잃게 된다. 내가 생각하기에 그 둘의 상실을 보상해줄 만한 건 세상에 하나도 없다. 독서에 대해 말해보자면, 나는 쉽고 재미있으며, 내 상상력을 자극할 수 있는 책들만 좋아한다. 혹은 삶과 죽음에 대해 훌륭한 조언을 해주는 책이거나. 우리는 계속 살아가기 위해서 그리고 게으르게 아무 일도 하지 않을 때 필연적으로 나타날 권태에 대비해 인생의 즐거움을 유지해야만 한다.

현명한 사람들은 마음에 활기가 넘치고 강해서 정신적인 평화를 누릴 수 있지만, 마음이 약한 나는 육체적 안락함이 있어야 그럴 수 있다. 다만 요즘은 나이 들어가면서 나에게 잘 맞는 육체적 안락함이 점점 사라져서 쇠약해져 가는 내 삶에 맞출 수 있도록 내 욕망을 격려하고 있다. 우리는 세월이 하나하나 빼앗아가는 인생의 즐거움을 있는 힘껏 잡고 놓치지 말아야 한다. "현재를 즐기자, 시간이 얼마 남지 않았으니. 머지않아 우리는 재가 되거나, 전설이 되거나, 그림자가 될 것이다."(페르시우스)*

명성에 대한 플리니우스와 키케로의 집착은 은둔에 대한 내 생각과 상반된다. 명성이야말로 고독과 가장 어울리지 않는 동반자다. 영예와 평온은 너무 달라서 한집에서 살 수 없다. 이 두 몽상가는 대중에게서 몸만 숨긴 채 시선은 항상 그랬듯 밖을 향했다. 이들은 그저 전보다 더 잘 도약하기 위해, 더 노력하기 위해 잠시 뒤로 물러났다가 군중의 한가운데로 다시 뛰어들려 하는 것이다.

이제 그들과는 완전히 다른 학파의 철학자인 세네카의 조언을 고려해보자. 그는 친구들에게 명예와 위엄으로 가득 찬 세속적인 지위에서 물러나라고 권한다.

---

* 고대 로마의 시인.

"자네는 지금까지 물에서 둥둥 떠다니면서 헤엄치며 살아왔네. 이제 항구로 돌아와 삶을 마치게나. 인생의 전반부를 빛 속에서 살아왔으니 여생은 그늘에서 보내게나. 자네가 일의 결실을 포기하지 않는 한 그 일에서 떠나는 것은 불가능하지. 그러니 명성에 대한 애착에서 벗어나게. 과거 활동에서 나오는 광채가 자네를 너무 환하게 비추다가 은둔처까지 들어갈까 두렵군. 다른 쾌락과 함께 다른 사람들의 인정으로부터 오는 만족도 버리게. 자네가 가진 지식과 자네가 맡은 새 역할에 대해서는 걱정하지 말게. 거기서 결실을 거둘 수 있다면 그 지식과 역할의 효과는 사라지지 않을 테니까. 자기가 머무는 소굴의 입구까지 이어지는 모든 흔적을 없애버리는 동물들을 본받게. 세상이 자네에 대해 하는 말에 개의치 말고 자신에 대해 자네가 하는 말에 신경 쓰게. 자네의 영혼을 다스리면서, 거기에 일정한 선을 그을 줄 알고, 자네가 누리는 진정한 축복을 전적으로 이해해야 하네. 그런 축복을 더 많이 즐길수록, 그걸 더 잘 이해할 수 있고 만족할 수 있으며, 무엇보다 명성을 누리고자 하는 마음도, 더 오래 살고 싶은 마음도 사라질 걸세."

이것이야말로 플리니우스와 키케로가 권한 겉만 번지르르하면서 허세로 가득 찬 충고가 아니라 진실하고 참된 철학인 것이다.

몸을 동그랗게 말고
평화롭게 잠들 것이다

메리 E. 윌킨스 프리먼

〈뉴잉글랜드 수녀〉

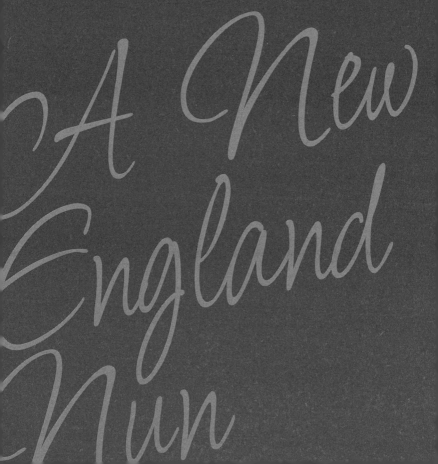

Mary E.

Wilkins Freeman

메리 E. 윌킨스 프리먼 1852-1930

미국의 소설가. 엄격한 기독교 가정에서 자랐다. 10대 때부터 가족을 부양하기
위해 동화와 동시를 쓰며 이름을 알렸고 20대 후반에 단편 〈유령 가족〉(1881)
을 발표하며 본격적인 작가 생활을 시작했다. 동화, 시, 고딕소설, 로맨스소
설 등 다양한 장르를 시도하면서 자신의 재능을 드러냈다. 미국 뉴잉글랜드
지역의 청교도적인 색채와 지역 사람들의 모습, 특히 가난한 노동자 계층 여
성들의 삶을 세밀하게 묘사한 소설로 독자와 평단의 인정을 받았다. 프리먼
의 소설에는 어머니의 사랑과 관습적인 방식의 '좋은 딸'이 되지 않으려는
저항 사이에서의 갈등이 투영돼 있다. 단편집 《뉴잉글랜드 수녀》(1891) 등
에서 프리먼은 여성 인물들에게 약하고 의존적인 모습 대신 독립성을 부여
함으로써 여성의 역할과 가치에 대한 편견을 깨려 애썼다. 1926년 미국문
화예술아카데미에서 5년에 한 번 그 시기의 가장 뛰어난 미국 소설가에게
수여하는 윌리엄 딘 하우얼스 메달을 여성 최초로 받았다. 이 책에는 프
리먼의 대표 단편소설 〈뉴잉글랜드 수녀〉 전문을 수록했다.

뉴잉글랜드 수녀

오후가 깊어지면서, 빛도 이울고 있었다. 마당에 드리운 나무 그림자들의 형태가 달라졌다. 어딘가 멀리서 소들이 굵직한 소리로 음매음매 울고 작은 종이 딸랑거렸다. 이따금 농장의 짐마차가 한쪽으로 슬쩍 기울어진 채 지나가면 먼지가 사방으로 날렸다. 파란 셔츠를 입고 어깨에 삽을 걸친 인부 몇이 터벅터벅 걸어갔다. 부드러운 공기 속에서 파리 떼가 사람들의 얼굴 주위를 오르락내리락 춤추듯 날아다녔다. 사방에서 조용하고도 온화한 기운이 느껴졌다. 휴식과 침묵의 시간인 밤이 다가오는 것을 예감했다.

하루가 끝나갈 즈음의 이런 가볍고도 은은한 소란이 루이자 엘리스에게도 일어나고 있었다. 루이자는 오후 내

내 거실에서 평화롭게 바느질을 했다. 이제 그녀는 바느질감에 조심스럽게 바늘을 꽂은 뒤 단정하게 개켜서 골무와 실과 가위가 있는 바구니에 넣었다. 루이자는 평생 이런 여성 용품을 단 한 번이라도 제자리에 두지 않았던 적이 없다. 오랫동안 쓰면서 늘 매만져서 이제 이것들은 그녀가 지닌 개성의 일부가 됐다.

루이자는 허리에 초록색 앞치마를 둘러서 묶고, 초록색 리본이 달린 납작한 밀짚모자를 꺼냈다. 그리고 작고 파란 그릇을 들고, 차를 끓여 마실 까치밥나무 열매를 따러 정원으로 갔다. 다 따고 나서는 집 뒤쪽에 있는 계단에 앉아 열매를 떼어냈고 남은 줄기는 앞치마에 조심스럽게 모았다가 닭장에 던져줬다. 혹시 계단 뒤쪽 잔디밭에 떨어진 가지는 없는지 빈틈없이 살펴봤다.

루이자는 천천히 그리고 조용히 움직였다. 차를 준비하는 데도 오랜 시간이 걸렸다. 하지만 마침내 차가 준비되면 귀한 손님을 접대하듯 아주 우아하게 차려냈다. 거실 한가운데 있는 작은 사각 식탁 위에 깔린 리넨 식탁보는 풀을 먹여 빳빳했고 그 가장자리에 수놓인 꽃무늬가 반짝거리고 있었다. 루이자는 차 쟁반에 다마스크 냅킨을

깔고, 티스푼들이 들어 있는 컷글라스 통과 은제 크림 용기, 자기로 만든 설탕 그릇, 그리고 분홍색 도자기 찻잔과 받침을 하나 놓았다. 루이자는 도자기 그릇을 매일 썼는데, 이 동네 사람들은 전혀 하지 않는 행동이었다. 그걸 두고 이웃들은 쑥덕거렸다. 그들은 평소엔 식탁에 평범한 그릇을 올리고, 가장 좋은 도자기 세트는 거실에 있는 벽장에 아껴두고 쓰지 않으니까. 그렇다고 루이자 엘리스가 그들보다 돈이 더 많거나 지위가 더 높은 것도 아닌데 말이다. 그래도 루이자는 계속 그 도자기 그릇을 썼다. 그녀는 저녁으로 설탕을 많이 넣은 까치밥나무 열매 차와 작은 케이크들이 놓인 접시, 얇고 하얀 비스킷 접시 하나를 식탁에 차렸다. 또 다른 접시에는 상추 한두 장이 보기 좋게 썰려 있었다. 루이자는 상추를 아주 좋아해서 자신의 작은 텃밭에서 완벽하게 길러냈다. 루이자는 이 모든 음식을 조금씩 우아하게, 하지만 열심히 먹었다. 그렇게 조금씩 먹는데 음식이 사라진다는 게 놀라울 정도였다.

차를 마신 후에 루이자는 근사하게 구워낸 얇은 옥수수빵을 접시에 담아서 뒷마당으로 나갔다.

"시저!" 그녀가 큰 소리로 불렀다. "시저! 시저!"

뭔가 급히 움직이는 듯 쇠사슬이 쩔렁거리는 소리가 들리더니 키가 큰 풀과 꽃 사이에 반쯤 가려져 있던 작은 개집에서 노란색 털과 흰색 털이 섞인 큰 개 한 마리가 나왔다.

루이자는 개를 쓰다듬어주고 옥수수빵을 줬다. 그러고는 집으로 돌아가서 저녁 먹은 것을 설거지하고, 도자기 찻잔을 조심스럽게 닦았다. 땅거미가 짙어졌다. 열린 창문으로 개구리들의 높고 요란스러운 합창 소리가 흘러들어왔고, 가끔 가느다란 청개구리 울음소리가 그 합창을 뚫고 들려왔다. 루이자가 초록색 체크무늬 앞치마를 벗자 그 속에 두르고 있던 분홍색과 흰색이 섞인 더 짧은 앞치마가 드러났다. 그녀는 등잔에 불을 켜고, 다시 바느질감을 가지고 의자에 앉았다.

30분쯤 지나자 조 대깃이 왔다. 그의 묵직한 발걸음 소리가 들리자 루이자는 일어나서 분홍색과 흰색이 섞인 앞치마를 벗었다. 그 밑에 아랫단을 얇은 천으로 덧댄 흰색 리넨 앞치마가 또 하나 있었다. 루이자는 손님이 찾아오지 않는 한, 리넨 앞치마에 바느질용 무명 앞치마를 늘 겹쳐 입었다. 루이자가 서둘러 그 분홍색과 흰색이 섞인 앞치마를 꼼꼼하게 개서 테이블에 있는 서랍에 넣자마자 문이 열리더니 조 대깃이 들어왔다.

그가 들어오자 방 안이 가득 찬 것처럼 보였다. 남쪽 창문에 걸린 초록색 새장에 잠들어 있던 작은 노란색 카나리아가 깨어나 새장의 창살에 부딪히며 조그만 노란색 날개를 거칠게 파닥거렸다. 조 대깃이 방에 들어오면 그 새는 항상 그랬다.

"안녕하세요." 루이자가 말했다. 그녀는 다소 엄숙하면서도 다정하게 손을 내밀었다.

"안녕하세요, 루이자." 남자가 큰 목소리로 대답했다.

루이자가 그를 위해 놔둔 의자에 조가 앉아서 두 사람은 테이블을 사이에 두고 마주 봤다. 그는 허리를 똑바로 세운 채 앉아서 큼지막한 두 발을 살짝 벌린 채 명랑하면서도 살짝 불안한 표정으로 방을 둘러봤다. 그녀는 조심스럽게 앉아서 흰색 리넨 앞치마가 덮인 무릎 위에 가녀린 두 손을 맞잡고 있었다.

"좋은 하루였나 봐요." 대깃이 말했다.

"정말 좋았어요." 루이자가 부드럽게 동의했다. 그리고 잠시 후에 물었다. "오늘 건초 작업을 했나요?"

"네, 10에이커나 되는 땅에서 종일 건초 작업을 했어요. 꽤 덥더라고요."

"정말 그랬겠어요."

"맞아요. 햇빛을 받으며 일하려니 아주 더웠어요."

"어머님은 잘 지내시죠?"

"네, 어머니는 잘 지내세요."

"지금은 릴리 다이어가 어머님과 같이 있겠군요?"

대깃의 얼굴이 붉게 물들었다. "네, 같이 있습니다." 그는 천천히 대답했다.

아주 젊지는 않은 대깃의 큰 얼굴에 소년 같은 표정이 떠올랐다. 루이자는 그보다 어렸고, 그녀의 얼굴이 더 하얗고 매끄러웠지만, 특유의 인상 때문에 사람들은 그녀가 연상이라고 생각했다.

"릴리가 어머니께 도움이 많이 되나 봐요." 루이자가 덧붙였다.

"아무래도 그런 것 같습니다. 그 사람이 없으면 어머니가 어떻게 지내실지 잘 모르겠어요." 대깃은 당혹스러워하면서도 온기를 품은 목소리로 대답했다.

"릴리는 정말 유능해 보이더군요. 예쁘기도 하고요."

루이자가 말했다.

"네, 꽤 예쁘죠."

대깃은 이제 테이블 위에 있는 책들을 만지작거리기 시작했다. 거기엔 붉은 사각형의 사인 책과 루이자의 어머니 것이었던 《젊은 여성을 위한 기프트북》*이란 책이 있었다. 대깃은 그 책들을 하나씩 들어 올려서 펼쳐본 후에 다시 내려놓으면서 기프트북 위에 사인 책을 올려놨다.

루이자는 다소 불편한 기색으로 대깃의 행동을 계속 주시했다. 그러다 마침내 일어서서 책들의 위치를 바꿔 사인 책을 밑에 깔았다. 원래 놓인 순서대로 정리한 것이다.

대깃은 그걸 보고 짧고 어색한 웃음을 터뜨렸다. "어떤 책을 위에 올려놓건 무슨 차이가 있어요?" 그가 물었다.

루이자는 나무라듯 미소를 지으며 그를 바라보다 중얼거렸다. "전 항상 이렇게 놔둬요."

"당신은 매사 이기려 들죠." 대깃은 웃으려고 애를 쓰면서 말했다. 그의 큰 얼굴이 아까보다 더 빨개졌다.

그는 한 시간 정도 더 있다가, 그만 가려고 일어섰다.

---

* 19세기의 산문, 시, 단편소설 모음집. 해마다 연말 선물용으로 휴가철에 맞추어 출간되었다.

나가는 길에 바닥에 깔린 깔개에 발이 걸려 넘어지면서 테이블 위에 놓인 루이자의 바느질감 바구니를 쳐서 바닥에 떨어뜨렸다.

그는 루이자를 한 번 보고는, 이어서 데굴데굴 굴러가는 실패들을 바라봤다. 서투른 몸짓으로 그것들을 주우려고 허리를 구부렸지만 루이자가 제지했다.

"신경 쓰지 마세요. 가시고 나서 제가 치울게요." 루이자가 말했다.

그녀는 살짝 딱딱하게 말했다. 조금 불편해졌거나 아니면 긴장한 대깃을 안심시키려고 지나치게 애를 쓰고 있는 건지도 몰랐다.

조 대깃이 밖으로 나왔을 때 그는 한숨을 내쉬고 달콤한 저녁 공기를 들이마시며 방금 막 비싼 도자기로 가득한 가게에서 빠져나온 순진하고 착한 곰이 된 것 같은 기분을 느꼈다.

루이자는 루이자대로, 그 몸집 큰 선량한 곰 때문에 고통받던 도자기 가게 주인이 마침내 곰이 나갔을 때 느꼈을 기분이 들었다.

그녀는 우선 분홍색 앞치마를, 그 위에 초록색 앞치

마를 두른 뒤, 바닥에 흩어진 자신의 보물들을 다 주워서 바구니 안에 다시 넣고 깔개를 바로잡았다. 그러고 나서 등잔을 바닥에 내려놓고는 꼼꼼하게 카펫을 살펴보기 시작했다. 카펫을 손가락으로 쓸어본 후에 그 손가락들을 확인하기도 했다.

"그이가 오늘은 먼지 구덩이를 걸어 다녔군. 분명 그랬을 거야." 루이자는 중얼거렸다.

루이자는 쓰레받기와 빗자루를 가져와서 조 대깃이 남긴 발자국들을 말끔하게 쓸었다.

대깃이 그 사실을 알았더라면 더 당황하고 거북해했겠지만, 그렇다고 루이자에 대한 헌신적인 신의가 줄어들진 않았을 것이다. 그는 일주일에 두 번 루이자를 보러 왔고, 그녀가 섬세하게 꾸며놓은 방에 앉아 있을 때마다 마치 레이스로 짠 울타리에 둘러싸여 있는 느낌을 받곤 했다. 대깃은 괜히 어설프게 손이나 발을 놀렸다가 그 섬세하고 우아한 레이스를 찢어버릴까 봐 겁이 났고, 그가 그런 짓을 할까 봐 루이자가 조마조마한 마음으로 자신을 지켜보고 있는 걸 의식하고 있었다.

그래도 그는 여전히 존중심과 인내심과 애정을 가지

고 루이자와 그 레이스로 이루어진 섬세한 세계를 대해야 했다. 둘은 한 달 후에 결혼하기로 되어 있었다. 그것은 단 한 번의 구애 이후 15년 동안 계속된 연애의 결실이기도 했다. 그 15년 가운데 14년 동안 둘은 단 한 번도 만나지 못했고, 편지도 거의 주고받지 않았다. 조는 그동안 오스트레일리아에 있었다. 거기에 큰돈을 벌러 가서 목적을 이룰 때까지 있었다. 그러기까지 50년이란 시간이 걸린다면, 그렇게 했을 것이다. 그리고 루이자와 결혼하기 위해 늙고 쇠약해져 후들거리는 몸으로 돌아오거나 아니면 아예 돌아오지 않았을 것이다.

하지만 그는 그 14년 동안 열심히 돈을 벌었고, 이제 그 오랜 세월 끈기 있게 아무것도 묻지 않고 기다려준 여인과 결혼하기 위해 돌아왔다.

두 사람이 약혼한 직후 대깃은 루이자에게 결혼하기 전에 새로운 세계에 진출해서 성공한 다음 돌아오고 싶다고 진지하게 말했다. 루이자는 언제나 그렇듯 아주 상냥하면서도 조용히 그가 하는 말을 듣고 찬성해줬다. 연인이 아주 길고 미래가 불확실한 여행을 떠나는 상황에서도 평점심을 잃지 않았다. 조는 굳게 마음먹고 다가올 도전을 생각하며 들뜨기도 했다가 출발할 때는 감정을 주체하지 못하고 순간 눈물을 보였다. 오히려 루이자는 얼굴을 살짝 붉힌 채 그에게 입을 맞추며 작별을 고했다.

"오래 걸리지 않을 거예요." 가련한 조가 잠긴 목소리로 말했지만, 결국 14년이란 세월이 흐르고 말았다.

그동안 많은 것이 변했다. 루이자의 어머니와 오빠가 세상을 떠나고, 그녀는 혼자 남았다. 그러나 너무 미묘해서 심성이 단순한 두 사람으로서는 이해하지 못했던 가장 큰 사건은 루이자의 무수한 발자국이 이어져 하나의 길이 된 것이다. 고요하고 평화로운 하늘 아래 있는 그 길은 매끄러울지 모르지만, 아주 곧고 확고해서 그녀의 무덤에 다다랐을 때만 멈출 것이고, 무엇보다 너무 좁아서 그녀의 옆에 누구도 설 자리가 없었다.

조 대깃이 처음 고향에 돌아왔을 때(루이자에게 그 소식을 미리 알리지 않았다) 루이자는 처음에 실망했다. 하지만 차마 그 사실을 인정할 수 없었고, 조는 그녀가 실망할 거라는 생각은 아예 하지 못했다. 15년 전 그녀는 그와 사랑에 빠져 있었다. 적어도 그녀는 자신이 그렇다고 생각했다. 당시 루이자는 소녀였고 주위의 기대에 따라 장차 하게 될 결혼이 인생에서 일어나는 가장 중요한 일이자 바람직한 관계라고 봤다. 루이자는 그 주제에 대한 어머니의 의견을 조용히 고분고분 경청했다. 그녀의 어머니는 시원시원하면서도 한편으로 다정한 성격이 특징인 사람이었다. 조 대깃이 구혼했을 때, 그녀는 딸에게 현명한 조언을 해줬고, 루이자는 망설이지 않고 그의 청혼을 받아들였다. 그는 그녀에게 첫 연인이었다.

오랜 세월 루이자는 그에게 항상 충실했다. 다른 남자와 결혼한다는 가능성은 상상도 하지 않았다. 그녀의 인생은, 특히 지난 7년은 아주 행복하고 평화로웠고 연인이 없다고 해서 불만스럽거나 짜증 난 적은 단 한 번도 없었다. 그러면서도 그녀는 그가 돌아오길 고대하고 있었고, 둘의 결혼이 필연적인 결말이라고 생각하고 있었다. 그러다 어느덧 그것이 아주 먼 미래일 것이라고, 이를테면 다음 생에나 가능할 거라고 어렴풋이 생각하는 데 익숙해져버렸다.

14년 동안 그를 기다렸고, 그와 결혼하게 될 거라고 생각하고 있었지만, 그가 돌아오자 그런 생각을 단 한 번도 해본 적이 없는 것처럼 경악하고 말았다.

시간이 지나면서 조 역시 당혹스러워했다. 그는 예전에 루이자를 봤을 때 느꼈던 감탄을 다시 느꼈다. 긴 세월이 흘렀지만, 그녀는 거의 변하지 않았다. 여전히 예의 발랐고, 부드럽고 우아했으며, 그런 모습이 전처럼 매력적이었다. 돈을 좇는 모험은 끝났고, 이제 로맨스의 바람이 예전처럼 크고도 달콤하게 그의 귓가에 울려 퍼졌다. 그 모든 사랑 노래 속에서 그가 듣고 싶은 건 루이자였다. 그는 오랫동안 자신의 귓가에 들렸고 지금도 들려오는 그 모든 사랑 노래가 단 하나의 노래, 루이자라는 이름의 노래였다고 생각했지만, 이제는 다른 이름이 실려 있는 듯했다. 하지만 루이자에게 그 로맨스의 바람은 노래라기보단 중얼거림에 지나지 않았고, 이제는 그마저도 사라져서 사방이 고요해졌다. 루이자는 반쯤은 아쉬워하는 마음으로 귀를 기울였다가 조용히 돌아서서 결혼식에 입을 드레스를 만들기 시작했다.

조는 고향집을 꽤 근사하게 개조했다. 신혼부부가 거기 살 것이다. 오래된 주택이었지만, 오랫동안 살던 집을 떠나려 하지 않는 조의 어머니를 두고 갈 수 없어서 그렇게 된 것이다. 그래서 루이자가 지금 사는 집을 떠나야 한다. 매일 아침 일어나 자신이 오랫동안 닦고 관리해온 깔끔한 물건들 사이를 돌아다니면서 루이자는 사랑하는 친구들의 얼굴을 마지막으로 보는 기분을 느꼈다. 물론 어느 정도는 가지고 갈 수도 있지만, 오랫동안 지냈던 환경을 떠나 새로운 곳에 놓이면 더는 예전의 그 정든 물건들처럼 느껴지지 않을 것이다.

게다가 행복한 독신생활의 고유한 특성들도 어쩔 수 없이 포기해야 할 것이다. 우아하지만 반쯤은 무익한 일들보다 더 엄중한 일들을 앞으로 맡게 될 것이다. 그녀는 커다란 집의 살림을 맡아야 할 것이고, 기분을 맞춰야 할 손님들이 찾아올 것이고, 엄격하며 쇠약한 조의 어머니의 시중을 들어야 할 것이다. 검소한 시골 풍습 때문에 하인을 하나 이상 둘 수도 없었다. 루이자에게는 작은 증류기가 하나 있는데, 여름에는 장미와 박하와 스피어민트의 달콤하고 향기로운 에센스를 추출하면서 즐겁게 지내곤 했다. 곧 그 일도 그만둘 것이다. 그동안 모아놓은 양도 이미 상당했고, 순전히 재미로 그 증류기를 쓰게 될 시간은 앞으로 없을 것이다. 거기다 조의 어머니는 그런 일을 어리석다고 생각할 것이다. 그분은 이미 그 문제에 대한 자기 생각을 넌지시 비쳤다. 루이자는 리넨 솔기 바느질을 아주 좋아했는데, 꼭 쓰려고 해서라기보다는 그저 그걸 할 때 느끼는 단순하고 소박한 즐거움 때문이었다. 그녀는 남들에게 말하기는 꺼려졌지만 순전히 재미로 바느질한 솔기를 다시 뜯어서 또 꿰맨 적이 여러 번 있었다. 길고도 기분 좋은 오후에 창가에 앉아 화사한 천에 부드럽게 바늘을 꽂아 바느질할 때는 평화로움의 극치를 느끼곤 했다. 하지만 앞으로는 그런 무용한 일에서 위로를 받을 수 없을 것이다. 나이는 많아도 상황판단이 빠르고 사람을 좌지우지하려 드는 조의 어머니와 남자답게 거칠고 솔직한 조는 루이자가 처녀 시절부터 해온 그런 예쁘지만 무의미한 일들을 비웃고 얼굴을 찌푸릴 게 뻔하다.

루이자는 혼자 사는 집을 정리하고 깔끔하게 유지하는 생활에서 거의 예술가와 같은 열정을 느꼈다. 보석처럼 반짝거릴 때까지 집의 창을 닦고 나면 그 풍경을 보는 것만으로도 크나큰 업적을 거둔 것처럼 가슴이 고동치곤 했다. 그리고 가지런하게 정돈된 옷장 서랍 속에서 라벤더와 전동싸리의 향기가 물씬 풍기는 옷가지들이 아주 정교하게 개켜 있는 청결한 모습을 매우 흡족한 시선으로 바라보곤 했다. 이런 일상을 결혼해서도 유지할 수 있을까? 그녀는 미래를 상상해봤지만 너무나 놀랍고 상스러운 모습이 떠올라 외면해버렸다. 그것은 고상하지 못한 남성용 물건들이 여기저기 흩어져 있는 모습이었다. 이토록 우아하고 조화로운 환경 속에 거친 남성이 들어올 때 필연적으로 생기게 될 먼지와 무질서이기도 했다.

지금의 이 평화롭고 고요한 삶이 방해받게 될 불길한 예감 가운데 큰 자리를 차지하는 걱정은 시저였다. 시저는 진정한 은둔자와 같은 개였다. 태어나 대체로 바깥세상으로부터 고립된 채 자기 집에서 살아왔다. 같은 개들과도 어울리지 못했고, 개들이 즐길 만한 온갖 오락거리도 맛보지 못했다. 어렸을 때 이후로 마멋의 구멍을 지켜본 적도 없고, 이웃집의 부엌문 앞에 떨어진 뼈다귀를 물고 오는 재미도 경험하지 못했다. 그것은 모두 시저가 강아지였을 때 저지른 잘못 때문이었다. 이 순하고 무구하게 생긴 늙은 개가 얼마나 깊은 후회를 할 수 있을지는 아무도 모를 일이었다. 하지만 그가 후회라는 감정을 느끼건 그렇지 않건, 그동안 충분히 벌을 받았다. 늙은 시저는 목소리를 높여서 으르렁거리거나 짖은 적이 거의 없었다. 그는 뚱뚱한 데다 항상 졸고 있었다. 그의 침침한 눈 주위에는 마치 안경을 쓴 것 같은 노란색 테두리가 있었다. 시저는 어렸을 때 날카롭고 하얀 이빨로 이웃의 손을 물었던 적이 있었고, 그래서 14년 동안 사슬에 묶여 혼자 그 작은 개집에서 살아야 했다. 원래 화를 잘 내는 성격이기도 했고, 시저에게 물린 상처가 욱신거렸던 이웃은 시저를 죽이든가 아니면 갖다 버리라고 요구했다. 그래서 시저의 주인이었던 루이자의 오빠가 작은 개집을 짓고 시저를 거기 묶어서 키웠다. 그런 지 이제 14년이 됐다. 어렸을 때 혈기 왕성해서 사람을 딱 한 번 물었고, 그때 몇 번 짧게 밖에 놀다 온 후로, 시저는 주인이나 루이자의 엄격한 보호 아래 항상 줄에 묶여 죄수로 살아왔다.

야망이라고는 거의 없는 개이기 때문에 녀석이 그 사실을 뿌듯하게 여겼을지는 의심스럽지만, 어쨌든 시저가 상당히 유명한 개인 건 확실했다. 마을에 있는 아이와 어른 들은 시저를 아주 사나운 괴물로 여기고 있었다. 성 게오르기우스의 용*도 루이자 엘리스가 키우는 늙은 누렁

---

* 기독교의 성인 성 게오르기우스가 용의 제물로 바쳐진 여성을 구하고 악룡을 제압시킨 서구권에서 유명한 전설.

이의 사악한 명성에는 상대가 되지 못했다. 엄마들은 아이들에게 시저 옆에 너무 가까이 가선 안 된다고 근엄하게 주의를 주었고, 아이들은 그 말을 곧이곧대로 믿었다. 그런 동시에 공포에 매혹돼 루이자의 집 앞을 몰래 지날 때는 후다닥 달려가면서 그 무시무시한 개를 곁눈질하며 슬쩍 보고 가곤 했다. 어쩌다 시저가 쉰 목소리로 짖기라도 하면 다들 극심한 공포에 빠졌다. 우연히 루이자의 집 마당에 들어온 여행자는 존경심 어린 눈빛으로 시저를 보면서 목줄이 튼튼한지 묻곤 했다. 시저는 평소엔 아주 평범한 개처럼 보여서 그냥 풀어놨다면 그 어떤 소문도 나지 않았을 텐데, 묶여 있는 탓에 사나운 개라는 평판의 그늘에 가려져 타고난 개성을 잃어버린 채 이제는 음울하고 거대한 존재처럼 보였다. 하지만 성격이 밝고 눈썰미가 있는 조 대깃은 시저를 있는 그대로의 모습으로 봤다. 그는 루이자가 조용하지만 단호하게 위험하다고 경고했는데도 용감하게 시저에게 성큼성큼 걸어가 그의 머리를 쓰다듬고, 심지어 풀어주려 했다. 루이자가 너무 불안해해서 그만뒀지만, 그런 사이사이에 자신의 의견을 꽤 강력하게 주장했다. "우리 마을에서 시저보다 더 착한 개는 없을 거예요. 이렇게 계속 묶어두는 건 너무 잔인한 짓이에요. 언젠가는 내가 풀어줘야겠어요."

　　루이자는 둘의 지분과 재산을 완전히 합치더라도 조가 그러지 않기를 바랐다. 루이자는 시저가 조용하고 무방비 상태인 마을에서 미쳐 날뛰는 모습을 상상했다. 시저가 지나간 자리에 피 흘리는 무고한 아이들이 눈앞에 선했다. 루이자도 그 늙은 개를 아주 좋아한다. 죽은 오빠가 키우던 개이기도 하고, 그녀와 있을 때는 아주 순했으니까. 그래도 그녀는 시저가 여전히 아주 사납다고 믿고 있었다. 그래서 사람들에게 너무 가까이 가지 말라고 경고했다. 그리고 옥수수죽과 옥수수빵 같은 금욕적인 먹이를 주고, 살코기와 뼈같이 피가 흐르고 몸을 뜨겁게 해서 위험한 기질을 북돋우는 음식은 절대 주지 않았다. 루이자는 소박한 먹이를 우적우적 먹는 늙은 개를 보면서 다가올 자신의 결혼을 생각하다 몸을 가볍게 떨었다. 달콤한 평화와 조용하고 조화로운 생활 대신 무질서와 혼란, 미쳐 날뛰는 시저, 새장 안에서 퍼덕거리는 노란 카나리아를 선택하고 싶은 마음은 여전히 들지 않았다. 조 대깃은 그녀를 처음부터 좋아했고, 그 오랜 세월 그녀를 위해 일해왔다. 어떤 일이 일어나더라도 그런 그의 애정이 거짓이라고 주장해서 그의 마음을 아프게 할 순 없었다. 그녀는 결혼식에 입을 드레스를 정성스럽게 바느질했고, 시간이 흐르고 또 흘러 마침내 결혼식이 일주일 앞으로 다가왔다. 그날은 화요일 저녁이었고, 결혼식은 다음 주 수요일에 거행될 예정이었다.

그날 밤 보름달이 떴다. 9시쯤 됐을 때 루이자는 길가로 나가 조금 걸었다. 길 양쪽으로 추수를 하는 들판이 길게 뻗어 있었고, 그 경계에 낮은 돌담이 서 있었다. 돌담 옆에 덤불이 무성했고 중간중간 벚나무와 오래된 사과나무들이 서 있었다. 루이자는 그 돌담에 앉아 조금은 서글픈 마음으로 생각에 잠겨 주위를 둘러봤다. 키가 큰 블루베리 관목들과 목초지가 서로 섞여 있었고, 블랙베리 덩굴과 백합과 밀나무 덩굴풀이 촘촘하게 얽혀서 루이자가 앉아 있는 돌담을 가려주고 있었다. 그녀는 그 덩굴들 사이에 있는 아주 작은 틈에 있었다. 그녀의 맞은편, 그러니까 길가 맞은편에는 나무들이 죽 늘어서 있었고, 나뭇가지들 사이에서 달빛이 환하게 빛났다. 달빛을 받은 나뭇잎들이 은처럼 반짝거렸고, 그런 은빛 나뭇잎들과 나뭇가지들의 얼룩진 그림자들이 길 위를 아름답게 뒤덮었다. 대기는 신비롭고도 달콤한 향으로 가득 차 있었다. "저게 머루인가?" 루이자는 중얼거렸다. 그곳에 한동안 앉아 있다가 이제 일어나야겠다고 생각했을 때 낮은 목소리와 발소리가 들려서 그대로 앉아 있었다. 외딴 곳이었고, 루이자는 조금 겁이 났다. 그늘 속에서 가만히 있으면서 저들이 누구건 그냥 지나가게 해야겠다고 생각했다.

하지만 그들이 그녀에게 도착하기 전에 목소리들이 끊겼고, 발소리도 마찬가지로 멈췄다. 루이자는 그들도 그 돌담에 앉을 자리를 찾았다는 사실을 알아차렸다. 이대로 들키지 않고 슬쩍 빠져나갈 수 있을까, 생각하던 차에 다시 목소리들이 들려와 침묵이 사라졌다. 그것은 조 대깃의 목소리였다. 그녀는 조용히 앉아 그 목소리를 들었다.

아주 큰 한숨 소리가 들렸는데, 그것은 그의 목소리만큼이나 친숙했다. "음, 그렇다면 당신은 이미 그렇게 마음을 먹었다는 뜻이겠지요?" 대깃이 물었다.

"그래요." 또 다른 목소리가 대꾸했다. "난 모레 떠나겠어요."

"릴리 다이어잖아." 루이자는 마음속으로 생각했다.

그 목소리를 듣자 마음속에 한 사람의 모습이 떠올랐다. 키가 크고 당당한 풍채에 강인하면서도 아름다운 얼굴이었다. 달빛에 비친 그 여자의 얼굴은 평소보다 훨씬 더 아름답고 훨씬 더 강인해 보였고, 굵은 금발은 촘촘하게 땋아 내렸다. 소박하면서도 차분하고 강인한 분위기에 생기가 넘쳐흐르는 그녀. 동시에 공주에게나 어울릴 것처럼 매사에 능숙하고 유능하게 처신하는 여자. 릴리 다이어는 동네 사람들에게 사랑받았다. 그녀에겐 사람들의 경탄을 자아내는 자질들이 있었다. 그녀는 선량하고 아름다우며 영리했다. 루이자는 사람들이 종종 릴리를 칭찬하는 말을 들었다.

"음, 뭐라고 할 말이 없네요." 조 대깃이 말했다.

"당신이 무슨 말을 할 수 있겠어요." 릴리 다이어는 그렇게 대꾸했다.

"정말 뭐라 할 말이 없어요." 조는 침울한 어조로 말을 길게 늘였다. 그리고 침묵이 흐르다 다시 입을 열었다. "어젯밤 일이 유감스럽진 않아요. 어쩌다 우리가 서로에 대한 감정을 밝힌 것 말이에요. 말하기 전부터 우리는 다 알고 있었던 것 같아요. 그렇다고 내가 뭘 달리 할 순 없어요. 난 원래대로 다음 주에 결혼할 겁니다. 14년 동안 날 기다려준 여자를 배신하고, 그녀의 마음을 찢어놓을 순 없어요."

"당신이 내일 그녀를 버린다고 해도, 난 당신을 받아들이지 않을 거예요." 릴리는 갑자기 언성을 높여서 격렬하게 말했다.

"뭐, 당신에게 그럴 기회를 주지도 않을 겁니다. 설사 내가 그렇게 한다 해도, 당신이 받아들이지 않겠지만." 그가 말했다.

"그건 닥쳐보면 알겠죠. 명예는 명예고, 도리는 도리니까. 나나 다른 여자를 위해 오랜 약속을 저버리는 남자는 가치가 없다고 생각해요. 당신도 그런 내 생각을 똑똑히 알게 될 거예요, 조 대깃."

"내가 당신이나 다른 여자를 위해 그녀를 배신하는 일은 없을 거라는 건 당신도 금방 알게 될 거요." 조가 그렇게 응수했다. 둘 다 서로에게 화가 난 것 같은 목소리였다. 루이자는 그들의 대화를 귀 기울여 들었다.

"당신이 떠나야 한다고 느끼다니 유감이에요. 하지만 그게 최선일지는 모르겠군요." 조가 말했다.

"물론 그게 최선이죠. 우리 둘 다 상식적인 사람이길 난 바라고 있어요."

"뭐, 당신 말이 맞는 것 같네요." 갑자기 조의 목소리가 조용하면서도 부드러워졌다. "있죠, 릴리. 난 어떻게든 내 마음을 감당하면서 잘 지내겠지만, 당신 생각을 하면 차마…… 그러니까 이 일 때문에 당신이 너무 크게 괴로워하진 않겠죠?"

"유부남 때문에 내가 엄청나게 괴로워할 일은 없다는 걸 당신도 알게 될 것 같은데요."

"당신이 그러지 않기를 바라요. 릴리 당신이 그러지 않기를. 그리고 언젠가는 당신도 다른 사람을 만나기를."

"내가 못 만날 이유가 없잖아요." 갑자기 그녀의 어조가 변했다. 릴리는 다정하면서도 또렷한 목소리로 말했는데, 그 소리가 어찌나 큰지 길 저편에서도 다 들릴 것 같았다.

"아뇨, 조 대깃. 난 살아 있는 한 절대 다른 남자와는 결혼하지 않겠어요. 난 분별 있는 사람이에요. 그리고 당신 때문에 상심하거나 자신을 바보로 만드는 짓 따윈 하지 않을 거예요. 그렇지만 결혼도 절대 하지 않을 거예요. 그건 확실해요. 이런 감정은 평생 단 한 번 찾아오는 거니까."

루이자는 서글픈 감탄사와 함께 덤불 뒤에서 약간의 소란이 이는 소리를 들었다. 그러다 릴리가 다시 말했다. 이제 일어선 것 같은 목소리였다. "이제 이런 건 그만둬야 해요. 우린 여기에 너무 오래 있었어요. 난 집에 갈래요."

루이자는 그 자리에 앉아 두 사람이 가는 소리를 멍하니 들었다. 한참 후에 그녀는 일어나 살금살금 걸어서 집으로 돌아왔다. 다음 날 그녀는 꼼꼼하게 집안일을 했다. 그것은 숨 쉬는 것만큼이나 당연한 일이었지만, 웨딩드레스는 손대지 않았다. 그녀는 창가에 앉아 생각에 잠겼다. 저녁에 조가 찾아왔다. 루이자 엘리스는 자기에게 외교적인 수완이 있다는 생각을 전혀 해본 적이 없었는데, 그날 밤 자신의 여성적인 무기 중에 다소 약하기는 하지만 그런 자질을 발견했다. 심지어는 그때도 루이자는 자신이 간밤의 대화를 제대로 들은 건지, 약혼을 깨는 일이 조에게 큰 상처를 줄지 확신할 수 없었다. 그녀는 이 문제에 대한 자신의 생각을 너무 일찍 드러내지 않으면서 그의 의사를 타진하고 싶었다. 루이자는 그 일을 성공적으로 해냈고, 둘은 결국 서로의 생각을 이해하게 됐다. 그녀만큼이나 조도 자신의 속내를 드러내는 걸 두려워했기 때문에 그것은 쉽지 않은 일이었다.

그 과정에서 루이자는 릴리 다이어의 이름을 단 한 번도 언급하지 않았다. 그저 조에게 그에 대한 불만은 전혀 없고, 단지 혼자 너무 오래 살아서 변화를 꾀하기가 두렵다고 했다.

"음, 난 두렵진 않아요, 루이자. 솔직히 말하면 이렇게 하는 편이 우리에게 더 나을 것 같긴 해요. 하지만 당신이 결혼하고 싶다면, 죽는 날까지 당신 옆에 있을게요. 당신이 그런 내 마음을 알아줬으면 해요." 조가 말했다.

"네, 알고 있어요." 루이자가 대답했다.

그날 밤 루이자와 조는 그 어느 때보다 다정하게 헤어졌다. 그들이 문간에 서서 서로의 손을 잡고 있을 때 마지막으로 아주 거대한 회한의 파도가 밀려왔다.

"이런 식으로 우리 사이가 끝나리라곤 생각도 못 했는데. 안 그래요?" 조가 물었다.

그녀는 고개를 끄덕였다. 그녀의 차분한 얼굴에 아주 미세한 전율이 스쳐 지나갔다.

"당신을 위해 내가 할 수 있는 게 있으면 뭐든 알려줘요. 절대 당신을 잊지 않을 겁니다, 루이자." 조는 그렇게 말하고 그녀에게 키스한 후, 떠났다.

루이자는 그날 밤 혼자 조금 흐느껴 울었지만, 이유는 알 수 없었다. 하지만 다음 날 산책하면서, 마치 여왕이 된 것 같은 기분이었다. 자신의 왕국을 뺏길까 봐 두려워했다가 그것이 확실히 자신의 것임을 알게 된 왕국을 본 여왕이 된 기분.

이제 시저가 있는 작은 집 주위에 키 큰 잡초와 풀이 무성하게 자랄 것이고, 겨울마다 눈이 그 지붕 위에 쌓이겠지만, 시저가 무방비 상태의 마을에서 미친 듯이 뛰어다니는 일은 일어나지 않을 것이다. 이제 작은 카나리아도 잠에서 깰 겁에 질려 요란하게 창살에 날개를 부딪히며 파닥거리는 일 없이, 밤마다 노란색 깃털이 수북하게 난 몸을 동그랗게 말고 평화롭게 잠이 들 것이다. 루이자는 리넨의 솔기를 바느질하고, 장미 에센스를 만들고, 먼지를 떨고, 광을 내고, 말린 옷을 단정하게 개서 라벤더 향이 나는 서랍 속에 넣을 것이다. 그날 오후 그녀는 창가에 바느질감을 들고 앉아서 그 평화로운 시간 속에 깊이 빠져들었다. 허리를 꼿꼿이 세운 키가 크고 아름다운 릴리 다

이어가 지나갔지만 그녀를 봐도 아무런 거리낌이 느껴지지 않았다. 수프 한 그릇에 자신의 타고난 권리를 팔았다 해도,* 루이자 엘리스는 그 사실을 알지 못했을 것이다. 그 수프의 맛은 대단히 좋았고, 그것이야말로 그녀가 오랜 세월 만족을 느껴온 유일한 것이었다. 평온하며 차분하고 한정된 세계가 루이자에겐 타고난 권리가 된 지 오래였다. 루이자는 마치 묵주에 달린 진주들처럼 알알이 길게 꿰어 있는 미래의 나날들을 바라봤다. 진주알 하나하나가 모두 매끄럽고 완벽하고 순수했으며, 그녀의 가슴은 감사하는 마음으로 벅차올랐다. 창문 밖은 뜨거운 여름 오후의 열기가 넘실거리고 있었다. 공기는 바쁘게 곡물을 수확하는 사람들의 목소리와 새소리와 벌 소리로 가득 차 있었다. 사람들의 인사말, 금속이 쨍그랑거리는 소리, 새들이 다정하게 서로를 부르는 소리, 벌들이 윙윙거리는 소리가 들렸다. 루이자는 조용히 앉아 마치 수도원에서 해방된 수녀가 기도하는 것처럼 자신의 남아 있는 나날을 헤아려보았다.

---

* 팥죽 한 그릇으로 장자권을 넘겨받은 야곱의 이야기를 빗댄 것이다.

고독은 거리가 아니라
시간으로 세는 것

앨리스 메이넬

〈고독〉

Alice Meynell

앨리스 메이넬 1847–1922

영국의 시인이자 수필가. 영국과 이탈리아에서 성장한 메이넬은 스물여덟
살에 첫 시집 《서곡》(1875)을 출간했다. 그는 계속해서 시를 쓰면서 편집
자로 활동했으며 다양한 글을 기고해 저널리스트, 에세이스트로도 사랑
받았다. 19세기 말 메이넬은 유럽 식민 통치에서 고통받은 사람들의 권리
를 지지하는 활동가가 되었다. 나아가 '여성 참정권을 위한 여성 작가 동맹
(Women Writers' Suffrage League)'을 이끌며 여성 참정권 운동에 적극적으로
참여했다. 메이넬의 에세이 〈고독〉(1899)은 인간의 고통에 대한 그의 예리한
감수성과 명쾌하고 강렬한 문학적 스타일을 잘 드러낸다.

고독

야만인은 자발적으로 홀로 있으며, 문명인도 마찬가지로 그렇다. 하지만 세상에는 문명의 반작용, 반발, 지스러기, 쓰레기, 깎아낸 부스러기, 톱밥, 쓰레기, 실패작만 받은 사람도 헤아릴 수 없이 많다. 그들에게 고독이란 미리 포기해버린 권리이거나 노력해도 손에 넣을 수 없는 사치다. 야만인에게는 고독이 이미 포기해버린 권리라고 할 수 있고, 교양인에게는 고독이 손에 넣을 수 없는 사치라 할 수 있다. 그들은 이른바 고독의 한계에 내몰려도 자신에게 그런 고독이 주어졌다는 사실조차 모른다.

모든 인간에게 공통으로 허락되고, 그 어디에도 얽매이지 않으며, 사실상 무한히 있는 이 거대한 고독에서 이들의 몫은 소멸하거나, 자기 것이라 주장하지 않아 사라져버린다. 그 고독이 자기 것인지 모르는 것이다. 그들은 자기에게 있는 여러 왕국에 대해 잘 모르고 있지만, 그중에서도 이 고독이란 왕국에 대해 가장 무지하다. 그들은 모든 인간의 내면에 존중되어야 할 공간, 당당하고 자유로운 공간, 명쾌하고 본질적인 권리가 부여된 공간이 있음을 짐작조차 하지 못한다. 그들은 닫힌 공간, 열쇠로 잠가서 확보할 수 있는 좁고 사적인 공간에서의 고독조차 요구하지 않으며, 그런 고독을 제대로 음미하지도 못한다. 드넓은 하늘과 끝없는 지평선이 펼쳐진 공간에서 누리는 고독을 어떻게 바라야 하는지조차 모르는 것이다.

고독은 언제나 멀리 떨어진 곳에 있다. 영국에는 고독할 수 있는 거리들, 도로변들, 숲속에 있는 수천수만 개의 장소와 높이 솟은 언덕들이 있다. 더 정확히 말하면, 고독은 거리로 재는 것이 아니라 날짜로 세는 것이다. 고독은 모든 인간이 매일매일 새롭고 자유롭게 다스릴 수 있는 자신만의 영토와 같다. 고독한 생활을 하는 은둔자들은 수없이 많다. 나이에 상관없이 인간은 살아갈 나날만큼 고독을 품을 수 있다. 고독은 지상에 있는 누구에게나 열려 있으며, 누구도 거부하지 않는다. 고독의 시간이 짧아지는 것도 아니고, 고독에서 우러나온 침묵이 훼손되는 법도 없다. 사람들은 누구나 혼자였던 적이 있기 때문이다. 그와 동시에 고독은 지극히 개인적인 경험이다. 아니, 고독은 날짜로 셀 수 있는 것이 아니라 사람의 수만큼 셀 수 있다. 산 자와 죽은 자 모두 자기만의 '빛나는 고독의 순간'을 가져봤을 테니까.

고독해지기 위해 공원에 갈 필요는 없다. 고독은 그저 시골에서 일할 때도 찾을 수 있다. 울창한 숲이 아니라 작은 덤불에도 우리는 숨을 수 있다. 타인의 시선과 듣는 귀를 피하기 위한 시간을 내는 것은 그리 어렵지 않다. 폐쇄된 곳에서 고독을 추구한다 해도 그곳은 여전히 열린 고독의 장소다. 따라서 그곳만이 '남들의 시선을 피할 은신처'는 아니고, 멀리 떨어진 시골이나 하늘에 뜬 구름도 당신이 숨을 곳이 될 수 있다. 하지만 최고의 고독이란 숨어서 누리는 것이 아니다.

이 점을 어쩌다 거리에 흘러들어 평생 거리에서 살아가는 사람들은 알지 못하고, 앞으로도 알 길이 없다. 타인의 시선이 닿지 못하는 장소에서 누릴 고독조차 박탈당했다고 그들이 괴로워할까? 세상에는 평생 단 한 시간도 혼자 있을 수 없는 사람도 많다. 그들은 하숙집에 사는 사람들이 그러하듯 마지못해 혹은 무심하게 타인과 같이 살아가고 있으며, 그런 모순적인 선택 덕분에 타인과 익숙하지만 친밀하지는 않은 관계로 지낸다. 그들은 항상 타인의 조심성 없는 시선과 질 낮은 호기심의 대상으로 살아간다. 그들이 본의 아니게 무의식중에 내린 선택은 그들의 손해이며 헛되고 무익한 결과를 낳는다.

우리는 학교, 수도원 혹은 병동에서 계속 사람들과 어울리려고 자신의 고독을 단념한 사람도 많다는 사실을 알고 있다. 이들은 그 어떤 비밀도 없이 솔직하고, 단순하게, 그 어떤 변덕도 부리지 않고, 언제나 눈에 띄는 모습으로 사람들과 이야기를 나누며 행동하고 말한다. 이들의 선택은 확실히 헛되고 무익한 결과를 낳을 일이 없고, 이들은 자신의 선택에 대한 분명한 확신이 있으며, 고독은 그저 뒤로 미뤄놨을 뿐 언젠가는 찾을 거라는 확신 또한 품고 있다.

홀로 서 있으며 그 누구도 접근하기 어려운 사람으로 고독한 사람을 그린 사람은 누굴까? 장 프랑수아 밀레가 그린 여러 장의 그림 속에서 여자 양치기의 고독이 그렇게 묘사돼 있다. 그 작은 소녀는 멀리 떨어진 곳에서 혼자 초연하게 서 있다. 그 소녀는 화가가 떠났을 때도 그렇게 서 있다. 그 소녀는 목장 일이 끝나는 시간을 기다리며 햇빛 속에서 서 있다. 밀레는 그렇게 시야에서 사라지는 소녀를 그렸다.

이제는 고독이 부유한 사람들이 계획적으로 손에 넣어 지켜야 하는 정교한 소유물로 여겨지지만, 여전히 아이가 있는 여성의 자연스러운 고독은 인정을 받지 못한다. 보살피고 젖을 줘야 하는 갓난아기는 낯선 사람들의 화젯거리가 되고, 사람들은 쉬지 않고 가까이 와서 아기를 안고 흔들고 만져보기 마련이다. 그렇게 아기를 둘러싼 성가신 일들이 끊이지 않기 때문에 엄마는 아이와 자신의 피가 어떻게 흐르고 맥박이 어떻게 뛰는지조차 기억이 나지 않을 정도로 둘만 있을 시간이 없어진다. 그렇게 정신없는 시간이 이어지다가 마침내 문이 닫히고 둘만 남는다. 이 둘만의 독특하게 친밀한 시간은 아주 심오한 칩거이자 절대적인 은둔의 시간이다. 이것은 단순한 하나의 고독이 아니라 산속보다 더 외지고, 계곡보다 더 안전하며, 숲보다 더 깊고, 바다 한가운데보다 더 멀리 떨어진, 배가된 고립이다.

이렇게 함께하는 고독은―세계에서 유일하게 둘이 같이 있는 고독―윤리와 체면이 얽힌 일이기도 하다. 이러한 의무를 배신하고 신뢰를 깨뜨리는 일은 모든 범죄 중에서도 가장 용서할 수 없는 범죄일 것이다. 같이 자는 아이와 엄마의 잠처럼 순결한 잠은 없으며, 아이의 숨결은 그 작은 발만큼이나 짧은 리듬으로 엄마의 긴 숨결을 쫓는다. 하지만 감상적인 사람들은 엄마가 자식에게 저지르는 잘못을 좋아한다. 엄마가 가진 힘, 엄마와 아이의 친밀함, 엄마가 가진 모든 기회가 비난이 아닌 용서의 근거로 쓰인다. 엄마들은 그러한 죄를 저지르기가 지극히 쉽다는 저속한 근거로 역겨운 동정이나 받곤 한다.

요즘 세상은 허영심에 가득 차 예술의 어떤 법칙도 존중하지 않는 예술가를 마치 무대에 선 여배우에게 갈채를 보내듯 숭배하는 경향이 있다. 허영이 넘치는 예술가는 대중의 맹목적인 사랑을 받는 상황을 마음껏 이용해 자신이 의도하는 바를 능수능란하게 실현한다. 그것이 그가 창조한 예술의 비밀이지만, 대중은 그의 예술적 양심에 관여할 수 없다. 고독 속에서 창조하는 예술가는 양심을 지켜야 할 의무를 저버린다. 그러나 세상은 그걸 모른다. 사실 그보다 더 쉬운 일은 없다. 그는 글자 그대로 법을 어기지만 세상은 예술가가 알아서 잘하겠거니 하고 믿어버린다. 하지만 대중들이 보는 가운데 지극히 당연한 법칙을 깨고 나서 일반인의 질책을 견디는 것 역시 별 가치는 없을 것이다.

앞서 시골에서 고독을 누리기 위해 공원에 갈 필요는 없다는 말을 했다. 사실 마음의 평화에 이르기 위해 그렇게 먼 곳까지 긴 시간을 들여 가는 것은 아주 간단하게 얻을 수 있는 고독을 피하는 것처럼 보인다. 고독에 이르려면 한 걸음 정도만 옆으로 벗어나도 충분하다.

공원이 요구하는 것은 너무 많고, 사실 진심 어린 요구도 아니다. 공원에 가겠다는 공언을 실천해서 공표한 약속을 지키려는 이는 오랫동안 은거하는 삶이나 고독한 삶 자체를 사랑하는 사람이어야 한다. 그는 여타의 삶과는 다른 조건을 갖춘 고독을 맛보게 될 것이다. 거의 평생 고독한 인생을 살게 될 수도 있는 시골에서 길을 잃어본 여행자는 그런 황무지의 고독한 사람들이 얼마나 헤아릴 수 없고, 극복할 수 없는 고독 속에 있는지 안다. 그가 지나가면서 그들의 고독이 잠시 깨지더라도, 사라진 건 아니다. 그들은 여행자를 보지만, 그가 그들을 보고 있다는 점은 의식하지 못한다. 아니, 그들은 마치 자신이 투명인간인 듯 여행자를 본다. 그들은 완전무결하게 자신을 의식하지 못한다. 그 경지는 실로 어마어마하다. 그들의 몸과 영혼 둘 다 은둔자 그 자체니까. 설사 호기심이 생겨서 고개를 돌려 지나가는 사람을 보더라도 그들은 근본적으로 혼자이다. 요즘 지방의 대지주의 태도나 시골 신사의 눈에서는 그런 고독을 찾아볼 수 없다. 지방의 대지주는 평생 홀로 살아가지 않는다. 그에겐 외딴 아펜니노산맥의 바위 틈에 있는, 창문도 없고 아무 장식도 없는 오두막집에서 살아가는 목동 같은 초연한 태도가 없다. 밀레는 프랑스의 작고 온화한 숲에 세울 고독한 인물의 모델로 절대 그런 대지주를 고르지 않을 것이다. 하지만 평생에 걸쳐 야생에서 외롭게 살아온 인물은 공원이 상징하는 그런 고독에 꽤 어울릴 것이다.

끝없이 계속되는 고독을 상징하는 인간의 눈빛이 있다면, 마찬가지로 끝없이 계속되는 군중의 흔적이 묻어나는 익숙한 표정도 있다. 그것은 런던의 표정이며 파리의 표정이기도 하다. 그런 표정은 타인과 자주 눈이 마주치지만 아무 관심도 없는, 자신에게 있는 침묵의 공간을 박탈당했다는 사실도 모른 채 흐릿한 눈빛으로 재빨리 사방을 둘러보는 표정이기도 하다. 그들에겐 공개된 비밀도 없고, 숨겨놓은 비밀도 없다. 그들에겐 그 어떤 신중함도 없고, 은신처도 필요하지 않으며, 도망치지도 않고, 도망칠 충동도 없다. 그들에겐 그 어떤 신비로운 분위기도 없으며, 용기를 내어 거리로 나온다 해도 고독이라는 조언자로부터 어떤 영감을 받게 될 희망도 없다.

상상 속 은신처로
날아가는 일

장 자크 루소
《고독한 산책자의 몽상》

The Reveries
of a Solitary
Walker

Jean-Jacques
Rousseau

장 자크 루소 1712–1778

스위스 출신의 프랑스 철학자, 소설가, 교육학자, 음악가. 사람들과의 교류를 질색하고 인간을 타락시키는 도시의 쾌락보다는 자연과 고독의 세계를 선호했다. 부지런한 혁신가이자 독창적인 사상가였던 그는 획기적인 정치와 사회 이론들을 발표하여 사회적으로 폭넓은 영향을 미쳤다. 무엇보다 민주주의의 이론적 토대를 마련했고, 이후 프랑스 대혁명에 직접적인 영향을 끼쳐 근현대 민주주의 형성에 기여했다. 한편 루소가 출간한 서간문 형식의 연애소설 《신 엘로이즈》(1761)는 유럽에서 선풍적인 인기를 끌었다. 개인의 감수성과 주관에 초점을 맞춘 이 소설은 낭만주의의 도래를 알리는 중요한 작품이다. 또한 사후에 출간된 《고백록》(1782)으로 자서전이라는 현대적인 장르의 시작을 알렸다. 집필을 끝내지 못하고 사망한 《고독한 산책자의 몽상》(1782)에서 그는 작가이자 사상가로 활동하는 내내 화두가 된 여러 문제에 관한 생각을 밝혔는데, 사람을 타락시키는 사회의 힘과 고독의 즐거움, 그리고 자연 세계의 무한한 경이로움에 대한 믿음이 주된 주제였다. 이 책에서는 다섯 번째 산책을 발췌해 수록했다.

고독한 산책자의 몽상

내가 머무른 거처(마음에 쏙 드는 곳도 몇 군데 있었다) 중에서 비엘호에 있는 생피에르섬만큼 정말 행복했고, 즐거운 기억이 남은 곳은 없다. 뇌샤텔에서는 라모트섬이라 부르는 이 작은 섬은 스위스에서도 잘 알려지지 않았고, 내 기억으론 이 섬을 언급한 여행자도 없다. 하지만 이 섬은 자신이 그어놓은 선 밖으로 나오지 않으려는 사람이 행복하게 지내기에 아주 적합한 곳이다. 비록 내가 바로 그렇게 지내라는 운명의 지시를 받은 유일무이한 사람이라 해도, 이렇게 자연을 좋아하는 취향을 가진 사람이 나 하나뿐이라곤 믿을 수 없다. 아직은 나 같은 사람을 만나지 못했지만.

비엘호 연안은 바위와 숲이 물가에 더 가까이 있어서

제네바호 연안보다 훨씬 더 야성적이고 낭만적이다. 그리고 다른 면으로 봐도 그만큼 아름다운 곳이다. 잘 가꿔진 목초지와 포도원은 그리 많지 않고, 마을과 집은 더 적지만 자연 그대로의 신록과 들판과 숲이 아주 많다. 한마디로 쾌적하면서도 선명하게 대조를 이루는 풍경이 더 많이 보이는 곳이다. 이렇게 미소가 절로 나오는 호숫가에는 마차들이 다닐 만한 큰길이 없어서 여행객도 별로 찾아오지 않는다. 그러나 여유롭게 자연의 매력 속에서 묵상하며, 간간이 들려오는 새 지저귀는 소리와 산에서 흘러내리는 세찬 물소리가 아니라면 좀처럼 깨지지 않을 정적 속에서 사색에 잠기길 좋아하는 철학자에게는 흥미로운 곳이다. 둥그스름한 모양의 이 아름다운 호수 한가운데 두 개의 작은 섬이 있는데, 하나는 사람이 살고 농사도 짓는, 둘레가 2킬로미터쯤 되는 섬이고 그보다 작은 섬은 사람이 살지 않는 황무지다. 이 작은 섬은 큰 섬에서 파도와 폭풍으로 입은 피해를 복구하기 위해 끊임없이 흙을 퍼가고 있으니 결국엔 완전히 파괴될 것이다. 언제나 이런 식으로 세상은 약자의 힘을 빼앗아 강자에게 보태준다.

섬에는 크고 쾌적하고 편안한 집이 딱 한 채 있는데,

섬의 주인인 베른 병원의 소유로, 토지 관리인이 가족과 하인들과 같이 살고 있다. 그는 가축과 비둘기장과 양어지를 보유하고 있다. 이 섬은 작지만 다양한 작물을 재배할 수 있고, 볼 수 있는 풍광도 다양하다. 밭과 숲, 포도밭, 과수원이 하나 걸러 하나씩 있고, 온갖 종류의 관목이 얽히고설킨 작은 숲이 그늘을 드리우는 비옥한 목초지가 있다. 두 줄로 심은 나무들이 줄줄이 서 있는 높은 둑이 섬을 따라 쭉 뻗어 있고, 한가운데 지어놓은 아담한 정자에서 포도를 수확하는 일요일마다 인근 주민들이 모여 춤을 춘다. 이 섬으로 은신한 나는 이곳이 아주 마음에 들었고, 이곳 생활이 내 기질과 잘 맞아서 여기서 여생을 보내겠다고 결심했다.

[……] 이 섬에서 나는 두 달밖에 머물 수 없었지만, 단 한 순간도 지겨워하지 않은 채 2년이라도, 아니 영원히 살 수 있었을 것이다. 비록 내겐 아내 테레즈와 앞서 언급한 관리인과 선량한 그의 가족밖에 없었지만 말이다. 하지만 내가 필요한 건 그게 전부였다. 그 두 달은 내 인생에서 가장 행복했다. 너무 행복한 나머지 한순간도 다른 행복을 바라는 마음이 일지 않을 정도로 만족했다.

그 행복은 어떤 것이었으며, 대체 내가 그토록 즐거워했던 건 뭘까? 이제부터 그곳에서의 내 생활을 묘사해 지금 세대가 그 답을 짐작해보게 하겠다. 일단 아무것도 하지 않고 지낸 소중한 순간이 그 즐거움 중에서도 가장 중요했다. 나는 그런 순간을 철저하게 즐겼고, 거기 머무는 동안 내가 한 것이라곤 빈둥거리기 위해 꼭 필요한 즐거운 활동뿐이었다.

나를 박해하는 자들도 나를 이런 외딴곳에 가두는 것 말고 더한 흉계를 꾸밀 수 없을 것이라고 생각하며 나는 자발적으로 그 덫에 걸려들었다. 남의 도움을 받지 않고는 이 섬을 몰래 떠날 수 없었고, 주위 사람들을 통하지 않고는 섬 밖의 사람들과 연락하거나 편지 왕래를 할 수도 없었다. 그래서 지금까지 살아온 그 어떤 세월보다 조용하게 그곳에서 일생을 마치게 될 것이며, 거기서 여유롭게 모든 것을 정리할 수 있으리라는 생각에 여행 준비에 소홀했다. 그렇게 혈혈단신 이곳에 오게 된 나는 뒤이어 아내를 부르고 책과 약간의 소지품을 가져오게 했다. 하지만 그 상자와 가방 들이 도착하자 그대로 둔 채, 내 생을 마감할 작정인 거처에서 마치 다음 날 나가야 하는 여관에라도 묵는 것처럼 지냈다. 그 상태가 너무 나와 잘 맞아서 하나라도 바꿔놨다가는 즐거움을 망칠 것 같았다. 내가 맛본 큰 기쁨 중 하나는 책이 들어 있는 짐을 풀지 않아서 수중에 잉크 스탠드가 없었던 것이었다. 그래서 골치 아픈 편지들에 답장을 써야 할 때면 시종일관 투덜거리면서 관리인에게 펜을 빌렸고, 다시는 이걸 빌려 쓸 일은 없기를 바라는 헛된 기대를 품고 얼른 돌려줬다. 그런 시시한 서류들과 곰팡내 나는 책들 대신 나는 꽃과 식물로 내 방을 가득 채웠다. 당시 나는 식물학에 빠져들기 시작했는데, 처음에 디베르누아 박사에게서 영감을 받아 생긴 이 취미가 곧 강렬한 열정으로 바뀌었다. 그리고 고된 연구가 싫어진 나는 빈둥거리며 지내기에 좋은 연구만 하면서 별 고생 없이 재미있게 시간을 보내고 싶었다. 나는 《섬의 식물도감》을 써서 이 섬의 모든 식물을 하나도 빠뜨리지 않고, 남은 생애를 다 투자하기에 충분할 만큼 상세히 묘사할 계획을 세웠다. 어떤 독일인이 레몬 껍질에 관한 책을 한 권 썼다고 하는데 나는 섬의 들판에서 자라는 풀잎 하나, 나무에 붙어 있는 이끼 하나, 바위를 뒤덮어서 장식한 수초 하나에 관해 각기 책 한 권씩 쓸 수 있었을 것이다. 요컨대 풀잎 하나도, 식물의 원자 하나도 자세히 묘사하지 않은 채 남겨놓고 싶지 않았다.

이 숭고한 결심에 따라 아침을 먹고 나면 손에 돋보기를 들고 옆구리에는《자연의 체계》*를 끼고 섬의 한 지역을 찾아갔다. 그런 목적을 위해 섬을 네 구역으로 나눠놓고, 계절마다 하나씩 탐험할 작정이었다. 각각의 식물의 구조와 조직과 열매를 관찰할 때마다 느낀 기쁨과 황홀감보다 더 대단한 경험은 없었다. [……] 그렇게 두세 시간을 보내고 난 후에 대개 풍성한 수확물을 안고 돌아왔고, 비 오는 날이면 오후에 집에서 그걸 가지고 즐겁게 보낼 수 있었다. 오전에는 관리인 부부와 테레즈와 함께 농부들이 일하는 모습과 수확하는 광경을 살펴보러 갔다. 그러면서 일도 도왔기 때문에 나를 만나러 온 베른 병원 사람들은 내가 큰 나무 위에 올라가 앉아 허리에 차고 있던 자루에 과일을 가득 채운 후 줄에 매달아 땅에 내려놓는 모습을 자주 보았다. 아침에 하는 운동과 거기서 맛보는 상쾌함 덕분에 밥을 먹으면서 쉴 때면 기분이 아주 좋았

---

* 스웨덴의 생물학자인 칼 폰 린네의 책. 동물과 식물의 분류에 관해 저술했다.

다. 하지만 휴식이 너무 길어지거나 날씨가 화창해 마음이 동하면 그만 참지 못하고 다른 사람들이 아직 식사하는 동안 슬쩍 빠져나왔다. 그리고 보트에 올라타서 호수한가운데까지 노를 저어갔다가 물결이 잔잔할 때면, 배 안에서 몸을 쭉 뻗고 누워 하늘을 바라봤다. 그렇게 몇 시간이고 이런저런 달콤한 몽상에 잠겨 배가 물살을 따라가도록 내버려뒀다. 그 몽상에 구체적으로 정해진 대상은 없었지만, 삶의 쾌락이라고 하는 것 중에서 내 마음에 들었던 것보다 백배쯤 더 좋았다. 기울어가는 해를 보고 집에 돌아갈 때가 된 걸 깨달았다가 섬에서 너무 멀어진 바람에 밤이 되기 전에 섬에 도착하려고 온 힘을 다해 배를 저어야 했던 일도 자주 있었다.

[……] 예상치 못했고 성가시기만 했던 방문객들이 불쑥 찾아오지 않는 한 그 섬에서 그렇게 시간을 보냈다. 이렇게 생생하고 다정하고 끝없는 그리움을 불러일으킬 정도로 매력적인 그 무엇이 있기에 15년이 지난 지금도 그 사랑스러운 곳을 떠올릴 때마다 가고 싶다는 벅찬 마음이 들까.

기나긴 생의 부침 속에서 당시를 기억해보니, 내가 가

장 즐겁고 기쁘게 살았던 때는 가장 생생한 추억이 남는 환희를 맛본 때가 아님을 알게 됐다. 그 넘쳐흐르는 기쁨과 정열의 순간이 아주 강렬하고 매력적일 수는 있지만, 그것은 삶의 행로에 드문드문 찍힌 점에 불과할 뿐이다. 그런 순간들은 드물기도 하거니와 순식간에 지나가버려서 진정한 행복이 될 수 없다. 내가 그리워하는 행복이란 그런 일시적인 순간들로 이루어진 것이 아니라 그 자체로는 숨이 막히게 황홀한 면은 없지만, 시간이 흐르면서 점점 그 매력이 커져 결국 지상 최고의 행복이 되는 것이다.

지상의 모든 것은 변한다. 이곳에 원래 형태대로 남아 있는 것은 없으며, 사물에 집착하는 우리의 애정도 그 대상이 변하면서 같이 변한다. 우리는 항상 앞을 보거나 뒤를 돌아보면서 이제는 돌아올 수 없는 과거를 반추하거나 결코 오지 않을지도 모르는 미래를 기다린다. 거기에는 마음이 의지할 절대적인 것도 없고, 이승에서도 영원히 계속되는 즐거움은 없다. 유감스럽게도 영원한 행복은 없는 것 같고, 인생에는 "이 순간이 영원히 끝나지 않길!"이라고 진심으로 말할 수 있는 순간도 거의 없다. 이토록 덧없이 지나가버려 마음을 불안하고 공허하게 만들고, 과거를 그리워하거나 미래를 갈망하게 만드는 그런 상태를 어찌 행복이라 할 수 있을까?

그러나 영혼이 모든 존재를 걸고 몸을 맡길 수 있을 정도로, 과거를 돌아보거나 미래를 바라지 않을 수 있을 만큼 시간이 진공처럼 느껴져 시간 가는 줄 모르며 앞으로 올 시간도 의식하지 못한 채 현재가 무한히 늘어나는 것처럼 느껴지고, 그 어떤 궁핍이나 즐거움이나 기쁨이나 고통, 갈망, 두려움, 느낌 같은 일체의 감정 없이 그저 우리의 존재 자체만으로 그 순간을 음미할 수 있다면, 그걸 행복이라고 부를 수 있을지 모른다. 가련하고 의존적이며 불완전한 행복이 아니라 완벽하고 마음에 꽉 차서 그 어떤 바람이나 공허함이 남지 않은 그런 상태가 진정한 행복이다.

생피에르섬에서 홀로 몽상에 빠져 있을 때, 천천히 흘러가는 보트 안에 누워 있거나, 강둑에 앉아 흔들리는 물살을 바라보거나, 아름다운 강가에 있거나, 조약돌 위로 시냇물이 졸졸 흐르는 것을 바라볼 때 종종 이런 상태에 빠져들었다.

이런 상태에서 느끼는 즐거움의 정체는 뭘까? 그것은

우리 밖에 있는 것이 아니며, 우리에게 이질적인 어떤 것도 아니다. 이런 상태가 계속되는 한 인간은 신처럼 그걸 홀로 즐기는 것만으로도 더없는 행복을 누릴 수 있다. 다른 모든 감각을 벗어버린 채 그저 자신의 존재를 의식할 때 우리는 만족과 평화를 맛보게 된다. 그런 식으로 지상에서 우리가 맛볼 수 있는 행복을 계속 방해해 비통하게 만드는 감각적이고 세속적인 애착을 내려놓을 수 있는 사람은 진정한 만족을 느낄 수 있다.

그러나 계속해서 집착에 휘둘리는 대다수는 이런 행복을 잘 모르고, 드물게 느낀다 해도 완벽하게 음미하지 못하기 때문에, 그것에 대해 막연하고 어렴풋한 관념만 지닐 뿐 그 진정한 가치를 알아보지 못한다. 요즘 같은 세상에는 이런 기분 좋은 황홀경에 빠져드는 것이 바람직하지 않을지도 모른다. 현대인들은 다양한 욕구가 있고 그것을 충족시키기 위해 활동적으로 살아야 한다고 생각하고 있으니까. 그러나 인간 사회에서 차단되고 이제 속세에서 자신이나 남을 위해 유익하고 좋은 일이라곤 아무것도 할 수 없게 된 불운한 인간이라면, 운명도 사람들도 그에게서 빼앗아갈 수 없는 기분 좋은 위로를 이런 상태에서 찾게 될 것이다.

　이런 위안을 모든 사람이 느낄 수 있는 것도 아니고, 모든 상황에서 느낄 수도 없다. 그러려면 마음이 평온해야 하고, 그걸 어지럽힐 그 어떤 번뇌도 없어야 한다. 이런 크나큰 행복을 경험하려면 그걸 민감하게 느낄 수 있는 기질뿐 아니라 주변의 상황도 맞아떨어져야 한다. 절대적인 휴식이나 지나친 동요가 아니라 시종일관 온화하고 평온한 마음 상태를 유지해야 하고, 갑작스럽게 열정에 휩싸이거나 지독한 낙담에 빠져서도 안 된다. 움직임이 없는 삶은 무기력한 삶이다. 하지만 지나치게 불안해하느라 평온이 깨지면 마음속에 잠들어 있던 여러 감정이 깨어나 외부 사물을 의식하게 되면서 몽상의 즐거움이 파괴되고, 자아와 분리된 우리는 즉시 운명과 인류의 속박을 받게 되면서 다시 불행하다고 느낀다. 절대적인 휴식은 우울을 일으키며, 죽음의 모습으로 나타난다. 그때 유쾌한 상상의 도움이 필요한데 그것은 하늘이 베풀어준 자들에게 아주 자연스럽게 나타난다. 이런 감정은 외부가 아니라 우리 내부에서 일어난다. 이런 유쾌한 상상을 하다 보면 휴식이 줄어들긴 하지만 그 남은 시간은 비할 바 없이 근사하다.

내면의 영혼을 흩뜨리지 않는 가볍고 기분 좋은 감각은 그저 그 표면만을 살짝 스치고 지나갈 뿐이다. 덕분에 우리는 다시 마음을 가다듬고 우리의 모든 불행을 잊을 수 있게 된다. 이런 종류의 몽상은 고요한 순간을 찾을 수 있는 곳에서는 어디서나 경험할 수 있다. 나는 종종 바스티유 감옥이나 심지어 불빛 하나 비치지 않는 지하 감옥에서도 여전히 즐겁게 몽상에 잠길 수 있다고 생각했다.

그러나 자연에 둘러싸여 세상에서 멀리 떨어져 있는 비옥한 외딴 섬에서 더 즐겁게 몽상에 잠길 수 있었다는 점은 인정해야겠다. 보기 좋은 모습만 볼 수 있고, 순하고 상냥한 성품의 몇 안 되는 주민들과의 사교 속에서 슬픔을 떠올릴 어떤 것도 없으며, 항상 내 관심을 끌 것도 없는 곳. 거기서 나는 종일 즐겁게 그 어떤 목적도 없고, 내 입맛에 맞는 일도 하지 않은 채 마음 푹 놓고 늘어질 수 있었다. 지극히 불쾌한 대상들 속에서도 유쾌한 몽상에 빠질 수 있어서 실제로 감각을 자극하는 모든 것을 끌어들인 공상을 마음껏 탐닉하는 몽상가에게는 분명 좋은 기회다.

길고 평화로운 몽상에서 깨어나 주위를 둘러싼 신록

과 꽃과 새들을 의식하면서, 드넓게 펼쳐진 맑고 투명한 호수를 품은 낭만적인 호숫가 멀리까지 살펴보면서, 나는 이 모든 사랑스러운 것을 내가 만들어낸 허구 속에 집어넣었다. 그러다 마침내 나 자신과 나를 둘러싼 것들을 알아차렸지만 어디서부터 허구이고 어디서부터 현실인지 분간할 수 없었다. 그처럼 모든 것이 내가 그토록 사랑했던 거처를 만드는 데 일조했다.

아! 그 삶을 되돌릴 수 없을까? 그 매력적인 섬에 가서 다시는 그곳에서 한 발짝도 움직이는 일 없이, 나를 그토록 고통스럽게 했던 재난들을 떠올리게 하는 육지 사람은 하나도 만나지 않은 채 내 생을 마칠 수는 없을까? 나는 그들을 잊겠지만, 세상은 나를 잊지 않을 것이다. 그러나 그들이 이 섬에 들어와 내 평화를 흐트리지만 않는다면 그게 무슨 상관이겠는가? 소란스러운 사회생활에서 야기된 세속적인 모든 번뇌에서 풀려난 내 영혼은 자주 하늘로 올라와, 자신들의 숫자가 곧 불어나기를 바라는 천사들과 대화를 나누게 될 것이다. 사람들이 내게서 뺏어간 그 소중한 은신처를 돌려줄 리가 없다는 사실은 나도 알고 있다. 하지만 매일 상상의 날개를 타고 그곳으로 날아가 그곳에서 지냈을 때와 똑같은 기쁨을 맛보는 것마저 방해하지는 못한다.

그곳에서 내가 좀 더 기분 좋게 할 일은 전보다 더 쉽게 몽상에 빠져드는 것이다. 그렇다면 그곳에 있다고 상상하는 것도 그와 같은 일이 아닐까? 아니, 그 이상을 하고 있다. 나는 관념적이고 단조로운 몽상의 매력에다 그것을 더욱 생동감 있게 만들어주는 유쾌한 이미지들을 덧붙인다. 그 대상들은 내가 황홀경에 빠져 있을 때면 종종 나의 감각에서 빠져나가 버리지만, 이제 내 몽상이 깊어질수록 그 표현은 점점 더 풍부해진다. 그래서 실제로 거기 있었을 때보다 더 즐겁게 그 속에 좀 더 자주 머물게 된다. 안타깝게도 내 상상력이 시들어가면서 나를 찾아오는 몽상은 점점 뜸해지고, 왔다가도 금방 사라져버린다. 아! 인간이 자신의 육신을 떠나기 시작할 때면, 마음도 한없이 서글퍼지는구나!

누구나 평생 짊어져야 하는
고독이 있습니다

엘리자베스 케이디 스탠턴

〈자아의 고독〉

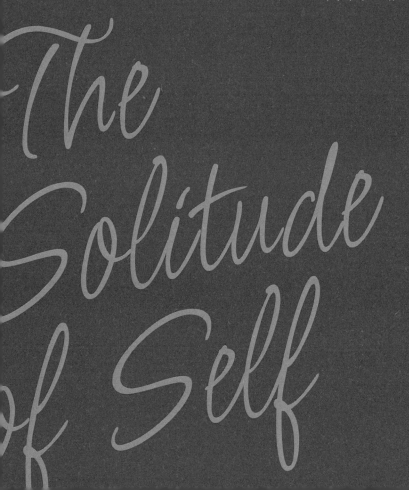

Elizabeth

Cady Stanton

엘리자베스 케이디 스탠턴 1815-1902

미국의 사회운동가. 노예제도 폐지를 위해 싸우면서 활동가의 길을 걷기 시작했으며, 여성의 권리와 참정권을 주장한 초창기 여성 권리 운동의 선도적인 인물로 가장 잘 알려져 있다. 그는 뉴욕주 세네카 폴즈에서 열렸던 1848년 여성인권협약(Woman's Rights Convention) 이후 미국에서 최초로 여성 인권 신장 운동을 조직했던 인물로 자주 회자되었다. 또한 남성과 여성의 법적으로 불공평한 처우에 대해 폭넓게 언급했고, 동등한 재산, 양육권, 고용, 소득권을 주장했다. 1892년 77세의 나이로 전미 여성 참정권 협회(National American Woman Suffrage Association) 1대 회장에서 퇴임했다. 그 당시 퇴임 연설문 〈자아의 고독〉에서 여성의 권리를 강력히 주장하고, 남성과 여성 모두 전적으로 자기 계발에 힘써서 독립적인 개인이 돼야 할 필요성을 피력했다.

자아의 고독

이 자리를 빌려 여러분에게 인간 정신의 개별성, 개신교적 사상, 개인의 양심과 판단에 대한 권리, 공화주의적 생각, 개인의 시민권에 대해 기탄없이 말씀드리고자 합니다. 여성의 권리에 대해 논할 때는 다음과 같은 사항을 고려해야 합니다. 첫째, 외딴 섬에 가상의 로빈슨 크루소처럼 혼자 갇혀서 자신의 운명을 스스로 결정하는 중재자가 되었을 때, 여성이 개인으로서 소유한 것이 무엇인가 생각해야 합니다. 이런 상황에 부닥친 여성의 권리란 자신의 모든 능력을 다 발휘해 안전과 행복을 지키는 것입니다.

둘째, 여성을 위대한 국가를 구성하는 시민이라고 간주한다면 정부의 근본 원칙에 따라 여성에게도 다른 구성원들과 같은 권리를 부여해야 합니다.

셋째, 문명의 동등한 일원으로서 여성을 바라보았을 때 여성의 권리와 의무는 남성의 권리 및 의무와 같아야 하며, 개인적인 행복과 발전도 그렇습니다.

넷째, 여성에게는 어머니, 아내, 자매, 딸처럼 인생에서 발생하는 부수적인 관계에 의해서만 어떤 특별한 의무와 교육이 수반됩니다.

여성이 고등교육을 받고, 심신의 힘과 자신의 능력을 충분히 발전시키고, 생각과 행동의 자유를 최대한 보장받고, 온갖 형태의 구속, 관습, 의존, 미신으로부터 완전히 해방되고, 주체할 수 없는 다양한 두려움에서 벗어나야 하는 가장 큰 이유는 고독이 필요하기 때문입니다. 그리고 자신의 삶에 개인적으로 책임을 져야 하기 때문입니다. 여성이 자신이 속한 국가의 정부, 믿음을 가진 종교에서 자신의 목소리를 내고, 자신의 생계 수단이자 사업과 직업 활동을 하는 장소이자 중요한 존재로서 참여하는 사회적 생활에서 평등을 주장해야 하는 이유는 그의 주권이 생득권이기 때문입니다. 여성이 한 개인으로서 자신에게 의지해야 하기 때문입니다. 여성이 아무리 기대고 싶고,

보호받고 싶고, 부양을 받고 싶어 하더라도, 남성이 아무리 여성에게 그런 것을 원한다 해도 여성은 반드시 홀로 인생이라는 항해를 떠나야 하며, 긴급한 상황에서 안전을 지킬 수 있는 항해의 법칙을 어느 정도 알아야 합니다. 우리의 배를 인도하기 위해 우리는 선장이자 도선사이자, 엔지니어가 되어 해도와 나침반을 들고 타륜 앞에 서서, 바람과 물결을 지켜보며 언제 돛을 거둬들일지 알아야 하고 하늘에서 나타나는 다양한 징후를 전체적으로 읽어낼 수 있어야 합니다. 그 고독한 여행자가 남성인지 여성인지는 중요하지 않습니다. 자연은 남성과 여성 둘 다에게 위험한 순간에 순발력과 판단력을 발휘할 능력을 주었으며, 그 상황을 감당하지 못하면 죽음을 맞이하게 됩니다.

인간의 영혼이 독립적인 행동을 해야 할 이유를 알고 싶다면 자아가 헤아릴 수 없는 고독에 빠진 상황을 잠시 상상해보십시오. 우리는 이 세상에 홀로 왔고, 우리를 앞서간 그 누구와도 같을 수 없으며, 각자의 사정에 따라 혼자 이 세상을 떠납니다. 인간은 지금까지도 그랬고 앞으로도 각자 인생이라는 항해를 떠나는 하나의 영혼일 뿐입니다. 인간은 태어나기 전의 영향력을 가지고 다시 태어날 수 없으며, 유아기, 청년기, 성년기를 구성하는 환경도 저마다 다릅니다. 자연은 절대 반복되지 않으며, 한 사람의 영혼이 다른 사람에게서 발견될 가능성도 존재하지 않습니다. 두 개의 똑같은 갈풀 줄기가 존재하지 않고, 두 명의 같은 인간도 존재할 수 없습니다. 이렇게 인간의 품성이 한없이 다양하다는 점을 생각하면 어느 한 부류의 인간이 교육을 받지 못하고 정부에서 제대로 대표되지 못했을 때 한 국가의 손실이 어느 정도일지 추측할 수 있습니다.

우리가 모든 개인이 전적으로 자기 계발을 할 수 있게 해달라고 요구하는 이유는 첫째로 그 개인의 이익과 행복을 위해서입니다. 군대를 무장시킬 때는 병사 모두에게 배낭, 무기, 화약, 담요, 컵, 칼, 포크, 숟가락을 제공합니다. 모두 개인 물품을 지급하면 각자 그 짐을 집니다. 우리가 개인의 완전한 자기 계발을 요구하는 또 다른 이유는 공중의 이익, 즉 국민 생활에서 발생하는 각종 문제에 얽힌 인간의 모든 이익에 대한 합의 때문입니다. 각 개인은 사회 전체가 짊어진 부담에서 자신의 몫을 분담해야 합니다. 아이들이 자신의 감정을 제대로 분석할 수 있기도 전에, 자신의 기쁨과 슬픔을 분간할 수 있기도 전에, 순전히 자력으로 인생이란 짐을 짊어져야 하는 모습을 보면 안타까워집니다. 나이를 불문하고 자연이 우리에게 가르치는 위대한 교훈이 있다면 바로 독립, 자기 보호, 자활입니다.

청소년기에 느끼는 가장 쓸쓸한 실망과 가장 환하게 빛나는 희망과 포부는 오직 자신만 압니다. 아무리 친하고 사랑하는 사람이라도 그런 이야기는 할 수 없습니다. 아무리 열정적인 관계에도 숨기는 것이 있기 마련입니다. 심지어 승리하거나 패배하는 순간에도 그런 일이 일어납니다.

우리는 깨어진 우정이나 박살 나버린 사랑에 불안해하고 고통을 느낄지언정 다른 사람의 동정은 바라지 않습니다. 죽음이 우리와 가장 가까운 관계를 찢어놓을지라도 우리는 고통의 그림자 속에 홀로 앉아 있습니다. 인생에서 가장 위대한 승리와 가장 암울한 비극 속에서도 우리는 홀로 걷습니다. 인간으로서 성자의 반열에 올라 영웅이나 성인으로 칭송과 숭배를 받을 때도 우리는 홀로 서 있습니다. 무지, 빈곤, 악덕 속에서 빈민이나 범죄자로 지낼 때도 우리는 홀로 굶주리거나 남의 것을 훔칩니다. 우리는 홀로 동료의 조롱과 거절을 감내합니다. 우리는 홀로 어두운 마당과 골목, 샛길, 고속도로에서 쫓기고 괴롭힘을 당합니다. 우리는 홀로 심판석에 앉습니다. 우리는 홀로 감옥에서 자신의 범죄와 불행을 한탄합니다. 우리는 홀로 교수대에서 속죄합니다. 가장 어리고 무력한 자들이 혼자 힘으로 가르침과 위로를 찾아야 하는 이런 시대에 우리는 개인의 인생에 드리운 끔찍한 고독, 고통, 형벌, 책임을 통감하게 됩니다. 인생이란 것이 각자 자신을 지킬 수단을 마련해야 할 기나긴 행군이자 전투일 수밖에 없다는 알면서도 그 개인의 자연권을 박탈하는 것은 그야말로 잔혹한 짓입니다.

한 개인이 완전한 교육을 받는 일을 방해하는 것은 그의 눈을 도려내는 행위와 같으며, 재산권을 부인하는 것은 그의 손을 자르는 행위와 같습니다. 정치적 평등을 거부하는 것은 세상에서 소외되는 이들의 자기 존중, 시장에서의 신용, 일의 보상, 법을 입안하고 실행하는 자를 선택할 발언권, 재판받을 배심원과 처벌을 결정할 판사를 결정할 선택권을 빼앗는 것과 같습니다. 여성의 지위를 생각해보십시오! 여성은 자연권을 박탈당했으며, 항상 일이 생길 때마다 법률과 관습 때문에 불리해진 상황에서 홀로 싸우도록 강요당하고, 목숨이 위급한 상황에서도 의지할 사람이 자신밖에 없습니다.

상류층으로 어느 정도 부와 재산과 지위가 있고, 인생의 풍파를 막아줄 다정한 남편이 있고, 안전한 피난처가 될 환경에 있는 젊은 아내이자 어머니이자 한 집안의 안주인이라면 일상적 어려움은 피할 수 있습니다. 하지만 가정을 관리하고, 사회에 바람직한 영향력을 행사하고, 친구와 남편의 애정을 지키고, 자녀와 하인들을 교육하려면 좀처럼 보기 드문 양식과 지혜, 사교성과 인간 본성에 대한 지식이 있어야 합니다. 이 모든 것을 해내기 위한 기본 덕목을 갖추고, 가장 성공적인 정치인에게나 있을 법한 성격적 장점이 있어야 합니다. 수완이라고는 하나도 없이 무지한 채 남에게 무조건 의지만 하도록 훈련된 여성은 인생에서 어떤 자리에 있더라도 실패를 맛볼 수밖에 없습니다. 하지만 사회는 여성에게 세상에 대한 지식, 공적 생활에서 경험하게 될 자유민주적인 훈련, 대학 교육이 제공하는 모든 이점이 필요하지 않다고 말합니다. 그러나 이런 점들을 갖추지 못한 여성의 행복은 망가지고, 홀로 굴욕을 견디게 됩니다. 약하고 무지한 자의 고독은 실로 가

런합니다. 인생의 성공을 좇는 격렬한 추격전에서 이들은 가루가 되도록 고통받다 사라집니다.

청춘의 환희가 지나간 다음, 자녀가 성인이 되어 결혼해서 둥지를 떠나는 시기가 찾아와 인생의 분주함과 소란스러움이 가시고, 몸도 그간의 노동에 지쳐서 낡은 안락의자와 난롯가를 휴식의 공간으로 삼게 되면, 남성이든 여성이든 기댈 사람은 자신밖에 없습니다. 책을 멀리했거나, 중요한 시사 문제에 관심을 두지 않거나, 자신이 목격한 혁명의 완성을 지켜보는 관심이 없다면, 얼마 못 가 노망이 들게 됩니다. 정신적 능력을 좀 더 충분히 개발하고 계속 머리를 쏠수록 주변에 대해 적극적인 관심을 가지는 기간이 길어집니다. 오랫동안 사회생활을 한 여성이 교육제도를 규제하는 법률, 감옥과 수감 제도에 대한 규율, 가정, 공공건물, 주요 도로의 상태, 상거래, 금융, 외교 관계 등에 관한 관심을 비롯해 이런 다양한 문제나 그 일부라도 책임감을 느낀다면 적어도 그 여성의 고독은 존중받게 되고 순전히 재미로 하는 험담이나 추문의 대상으로 소비되지 않을 것입니다.

모든 사람에게 인간의 모든 의무와 기쁨을 알 수 있

는 길을 열어줘야 하는 가장 큰 이유는, 그런 식으로 자기 계발을 할 수 있고, 거기서 발생한 자원으로 언젠가 누구에게나 찾아오기 마련인 고독의 괴로움을 덜기 위해서입니다.

여성도 남성과 똑같이 시간의 흐름과 영원 속에서 기쁨과 슬픔을 겪는다는 점을 고려하면, 남성이 투표와 종교의 왕좌에 올라앉아 여성을 대신해 투표권을 행사하고, 교회에서의 기도를 대리하고, 가족 제단에서 '대제사장'의 지위를 독차지한다는 것은 그야말로 주제넘은 행동이 아닙니까?

개인적인 책임이야말로 한 사람의 판단력을 키우고 양심을 자극합니다. 상속, 재산, 가족, 지위로 얻은 인위적인 성취가 아닌, 개인의 가치로 받게 되고, 어디서나 인정되는 동등한 위치에 대한 권리인 자기 주권을 인정하는 행위야말로 가장 존엄한 행위입니다. 남성과 여성 둘 다 짊어져야 할 삶의 책임과 운명이 같다고 가정하면, 시간과 영원에 대한 준비도 같아야 합니다. 무시무시한 풍파로부터 여성을 보호해야 한다는 말은 새빨간 거짓말입니다. 이런 풍파는 남성이나 여성이나 똑같이 겪기 마련인데, 자신을 보호하고 그 풍파를 저항하고 정복하도록 교육받은 남성보다 그러지 못한 여성이 더욱 치명적인 결과를 맞을 수밖에 없습니다. 이것이 바로 인간이 처한 현실이자 개인이 져야 할 책임입니다. 부자든 빈민이든, 지식이 있는 자든 무지한 자든, 현명한 자든 어리석은 자든, 선한 자든 악한 자든, 남성이든 여성이든 사람은 누구나 전적으로 자신을 의지하며 살아야 합니다.

이론적으로는 여성이 남성에게 의지한다고 해도 인생의 정점에 선 여성의 짐을 남성이 짊어질 수는 없습니다. 여성은 세상에 태어나는 모든 이에게 생명을 부여하기 위해 홀로 죽음의 문 앞에 섭니다. 누구도 여성의 두려움을 알 수 없고, 누구도 그 고통을 덜어줄 수 없습니다. 슬픔이 참을 수 없을 만큼 커지면 여성은 홀로 죽음의 문을 지나 거대한 미지의 세계로 떠납니다.

오래전 유대의 산꼭대기에서 성령이 "너희는 서로의 짐을 지라"*고 명했지만, 인류는 아직 그 정도로 자신을 희생할 수 있는 경지에 이르지 못했습니다. 설사 그럴 의

* 〈갈라디아서〉 6장 2절.

지가 있다 해도 타인을 위해 질 수 있는 짐은 얼마나 적습니까!

그러니 서로 갈등하는 삶 속에서 각자 길고 힘든 길을 홀로 떠나야 합니다. 수많은 친구, 사랑, 친절, 연민, 관용 덕분에 일상을 수월하게 헤쳐 나갈 수 있더라도, 인간이 겪게 되는 비극과 승리의 순간에는 홀로 서 있을 뿐입니다.

하지만 모든 인위적인 구속을 없애고 여성을 자신의 환경을 책임질 수 있는 한 개인으로 인정하고, 앞으로 삶에서 채워야 할 모든 자리에 대비해 철저히 교육한다면, 진보적인 사상과 폭넓은 교양을 배워 자발적으로 능력을 갖추고 자신의 양심과 판단에 따라 행동하고, 근육을 강하게 단련하여 무기 사용법과 방어 기술을 익혀 스스로 보호할 수 있도록 훈련한다면, 사업에 대한 지식을 배워 스스로 부양하고 재정적 독립이 주는 기쁨을 느끼도록 격려하는 방식으로 여성을 교육한다면, 언젠가 찾아올 고독의 시간에 대비가 되든 그렇지 않든 어느 정도는 적응할 수 있을 것입니다. 극단적인 순간이 찾아왔을 때와 마찬가지로 자신을 믿고, 개인의 발전을 완성하는 방향으로 지혜를 발휘해야 합니다.

　교육에 관한 이야기가 나와서 말인데, 계급에 따라 맡을 수 있는 일에 맞는 교육을 받아야 하고, 그 일에 필요하지 않은 능력은 키워서는 안 되며 사용할 의지조차 가지면 안 된다는 주장은 얼마나 천박합니까. 바로 그 능력이 인생에서 가장 위급한 시기에 꼭 필요할지도 모르는데 말입니다! 혹자는 이렇게 말하기도 합니다. "여자에게 언어, 과학, 법률, 의학, 신학을 가르칠 필요가 어디 있습니까. 아내, 어머니, 주부, 요리사의 역할을 할 이들은 앞으로 모든 지위를 차지하게 될 남자와는 다른 교육 과정이 필요합니다. 고급 호텔과 외국 항로선의 수석 요리사는 남자입니다. 대도시에서는 남자가 제과점을 운영합니다. 이들이 빵, 케이크, 파이를 만들고 세탁물을 관리하며, 이제는 남자가 일류 모자 제작자이자 재봉사로 대우받습니다. 남자가 이런 직업에 종사한다고 해서 하버드와 예일대의 교육 과정을 이 상황에 맞춰 조정해야 합니까? 그렇지 않다면 여러 업종과 직종, 공립학교 교사로 대거 투입돼서 이익과 명예가 따르는 지위를 빠른 속도로 채우고 있는 여성들을 위해 명문대에 교육 과정을 만들어야 한다고 주장하는 이유가 무엇입니까?"

여성은 이미 사상, 예술, 과학, 문학, 정부 분야에서 남성과 동등합니다. 세기의 시와 소설을 쓰며, 종교, 정치, 사회에서 개혁의 골자를 마련하기도 했습니다. 편집자와 교수의 자리에 앉기도 하고, 법정에서 변론도 하고, 병원에서 회진을 돌고, 설교단과 강단에 서서 강연을 하기도 합니다. 이런 유형의 여성들이야말로 계몽된 대중이 현재 원하는 여성상이며 과거의 잘못된 이론을 딛고 넘어선 승자이기도 합니다.

그렇다면 현재 이렇게 발전한 여성을 과거의 물레와 뜨개바늘을 든 여성처럼 좁디좁은 정치적 한계 안에 가두는 조치가 타당합니까? 절대 아닙니다! 기계는 지칠 줄 모르는 힘으로 남성은 물론이고 여성의 노동 부담을 거둬 갔습니다. 베틀과 물레는 과거의 망상일 뿐입니다. 펜, 붓, 이젤과 끌이 그 자리를 차지했고 여성의 희망과 포부는 근본적으로 변했습니다.

인간의 외적 조건만으로도 개인의 자유와 발전이 필요한 이유는 충분하지만, 각 인간의 자기 신뢰까지 고려한다면 남성만이 아니라 여성도 다양한 경험을 통해 용기와 판단력과 모든 정신적 신체적 능력을 강화하고 개발해야 할 필요성을 알 수 있습니다.

일반적인 상황에서는 남성에게 여성을 보호할 힘이 있다고 해도, 육지와 바다의 온갖 끔찍한 재해에 부딪혀 위험이 극에 달했을 때는 여성 혼자 그 두려운 상황에 대처해야 합니다. 죽음의 천사도 여성을 위한 특별히 성대한 길을 깔아주진 않습니다. 남성의 사랑과 연민은 우리 인생이 환하게 빛날 때만 들어옵니다. 우리를 헤아릴 수 없는 영원으로 연결해주는 자아의 엄숙한 고독 속에서 인간은 영원히 홀로 살아갑니다. 최근 한 작가는 이렇게 말했습니다. "언젠가 대서양을 횡단하는 항해에서 한밤중에 갑판 위로 나갔는데, 짙은 먹구름이 하늘을 뒤덮었고 격렬하게 부는 바람 속에서 거대한 바다가 미친 듯이 울부짖고 있었습니다. 그때 나는 위험하다거나 두렵다는 (불멸의 영혼에 대한 근본적인 포기와도 같은) 생각 대신 완전한 적막과 고독을 느꼈습니다. 거대한 어둠 속에 갇혀버린 먼지 한 톨 같은 존재가 된 기분이었습니다……"

하지만 인간이라면 누구나 평생 짊어져야 하는 고독이 있습니다. 그 고독은 얼어붙을 듯이 추운 산맥보다도 더 가까워지기 어렵고, 한밤중의 바다보다도 더 깊습니다. 자아라고 부르는 우리의 내면은 사람이나 천사의 눈길 혹은 손길이 단 한 번도 닿지 않은 곳입니다. 땅 요정의 동굴이나 오라클의 성소,* 엘레우시스 제전**의 숨겨진 방보다 더 깊숙이 숨겨져 있어서 오직 전지전능한 신만 들어갈 수 있습니다.

그런 것이 개인의 인생입니다. 그러니 묻건대, 누가 감히 다른 인간의 권리와 의무, 책임을 짊어질 수 있겠습니까?

---

* 고대 그리스에서 사제로부터 신탁을 받는 장소.
** 고대 그리스에서 행해지던 비밀스러운 종교 의식.

의심할 수 없는 것은
아무것도 없다

르네 데카르트

〈의심할 수 있는 것들에 관하여〉

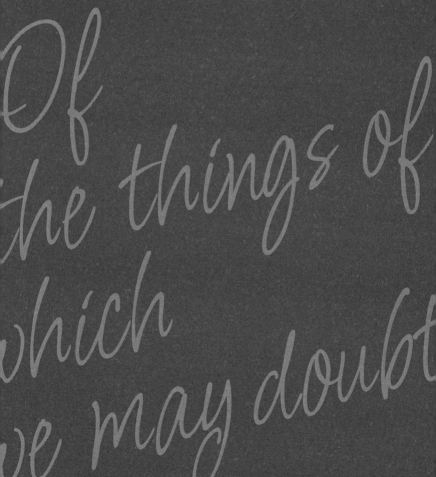

René Descartes

르네 데카르트 1596–1650

프랑스의 철학자, 수학자, 과학자. 근대 철학의 토대를 세웠으며, 근대 과학의 출발점이 된 17세기 과학혁명의 기본 구조를 만들었다. 인간과 인간의 삶에 대한 그의 이성적이고 냉정한 철학은 격렬한 비판을 받기도 했다. 데카르트는 스스로 지각한 모든 것을 의심하는 '방법적 회의'로 잘 알려져 있다. 이런 의심을 토대로 한 결과물이 바로 그의 가장 중요한 명제인 "나는 생각한다, 고로 존재한다"이다. 그의 첫 철학서인 《방법서설》(1637)을 비롯해 여러 권의 책을 펴냈다. 《제1 철학에 관한 성찰》(1641)의 첫 성찰인 〈의심할 수 있는 것들에 관하여〉에서 일부 내용을 발췌해 이 책에 실었다. 데카르트는 오직 고독 속에서만 인간이란 존재가 알 수 있는 진실과 인간이 그걸 알게 된 방법을 발견할 수 있다고 생각했다.

의심할 수 있는 것들에 관하여

어렸을 때부터 내가 얼마나 많은 거짓된 것들을 참되다 여겼는지 처음 의식한 뒤로 몇 년이 지나갔다. 그 결과 그런 원칙에 토대를 둔 것들 또한 얼마나 의심스러운지. 그러니 내가 언젠가 과학에서 언제까지나 변하지 않고 확실한 무언가를 세우길 바란다면, 사는 동안 꼭 한 번은 내가 그간 받아들인 모든 의견을 버리고, 다시 기초부터 새롭게 다지는 일을 해야 할 것이다. 그러나 이 일은 감당할 수 없을 만큼 거대해 보여서 과업을 수행할 수 있을 정도로 내가 성숙해질 때를 기다렸다. 그러느라 너무 오랫동안 이 연구를 미루는 바람에 하마터면 시작도 못 할 뻔했다. 그동안 너무 오래 기다려서 이제라도 해야 하지 않을까, 싶다가도 지금 내가 뭘 잘못하는 건 아닌가 하는 생각도

들었다. 이제 때맞춰 그런 걱정거리에서 풀려났고(나를 방해할 사람이 있다면 좋겠지만 그럴 사람도 없고), 나 혼자 평화롭게 보낼 한가한 시간도 확보했으니, 자유롭고 진지하게 지금까지 품고 있던 견해들을 전반적으로 뒤집을 작업에 몰두할 것이다.

하지만 모든 견해가 거짓이라고 증명할 필요는 없을 것이고, 그렇게 할 수도 없을 것이다. 이성적으로 생각해보면 완전히 확실하지 않은 견해에 관해서는 판단을 보류해야 하며, 의심스럽지 않은 견해를 믿거나 명확히 거짓인 견해를 믿지 않는 일 못지않게 신중해야 한다. 따라서 이런 각각의 견해에서 뭔가 의심할 근거를 발견한다면, 당연히 그 견해 전체를 버려야 한다. 그렇다고 이걸 하나씩 다 검토하다가는 영영 끝이 안 날 것이다. 하지만 기초가 무너지면 건물 전체가 무너지는 법이니 내가 지금까지 믿었던 모든 견해의 토대가 된 원칙들을 연구하는 작업을 곧장 시작할 것이다.

지금까지 내가 확실한 진실로 받아들인 모든 것은 전반적으로 감각을 통해 그렇게 한 것이다. 그러나 나는 이런 여러 감각이 때로 우리를 속인다는 사실을 알게 됐다.

그리고 한 번이라도 우리를 속인 것은 의심을 해보는 것이 현명하다.

　　그러나 감각이 사소한 물건과 가까이서 관찰할 수 없을 만큼 멀리 떨어진 것을 통해 가끔 우리를 속인다 해도, 마찬가지로 똑같은 감각에서 나온 것이면서도 도저히 의심할 수 없는 것도 꽤 있다. 예를 들어 지금 나는 이곳에 있다, 난롯가에 앉아 있다, 겨울 실내복을 입고 있다, 이 종이를 손으로 쥐고 있다, 라고 여러분에게 넌지시 알려줄 수 있다. 그런데 나는 어떻게 나에게 이 손과 이 몸이 있다는 사실을 부인할 수 있을까? 이를 부인한다면 나는 자신을 미치광이들과 같은 부류로 취급하는 셈이 될 것이다. 이들은 검은 담즙에서 올라오는 열기가 뇌를 혼란스럽게 만들어, 땡전 한 푼 없는 신세이면서도 자기가 왕이라는 둥, 혹은 헐벗은 신세이면서도 자기가 황금색과 보라색으로 된 옷을 입고 있다는 둥, 자신의 머리는 진흙으로 만들었다는 둥, 자신의 몸뚱이는 유리로 만들었거나 호리병박으로 만들었다는 둥 주장해댄다. 내가 이런 사람들처럼 터무니없는 주장을 한다면, 나 역시 정신 나간 인간일 것이다.

그렇긴 하지만, 아니 그렇다 해도 나는 인간이니 잠을 자면서 꿈속에서 이 모든 것을 겪을지도, 아니 가끔은 저 광인들이 깨어 있을 때 겪는 일보다 더 얼토당토않은 일을 꿈으로 꿀지도 모른다는 점을 고려해보기로 했다. 나는 얼마나 자주 이 익숙한 환경에서, 옷을 입고 난롯가의 이 자리에 앉아 있는 꿈을 꿀까? 그때 사실 옷을 벗고 잠을 자고 있지만 말이다. 하지만 지금 나는 분명 멀쩡하게 깬 상태로 이 종이를 보고 있다. 지금 내가 흔드는 머리는 자는 머리가 아니다. 나는 의식적으로 손을 펴보면서 느낀다. 꿈에서는 이 모든 것이 이토록 또렷하지 않다. 하지만 언젠가 꿈에서 이와 비슷한 환상을 보며 속았던 적도 많았다는 사실을 잊어선 안 된다. 이런 점들을 주의 깊게 생각하다가 나는 깨어 있는 상태와 꿈꾸는 상태를 명확히 분간할 수 있는 뚜렷한 표시나 특징이 하나도 없다는 사실을 깨닫고 경악했다. 너무 놀란 나머지 지금 내가 꿈을 꾸고 있다고 생각할 뻔했다.

그래, 그럼 우리가 지금 꿈꾸고 있다고 치자. 그리고 이 모든 구체적인 사실, 그러니까 눈을 뜨고, 머리를 움직이고, 손을 펴는 이런 동작들이 그저 환상이라고 치자. 심지어 어쩌면 우리의 눈에 보이는 우리의 손도, 몸도 사실은 없다고 치자. 그렇지만 적어도 잠들었을 때 우리에게 보이는 것들은 그와 똑같은 모습으로 실제로 존재하는 사물이 없었다면 나타날 수 없는 재현된 그림과 같다는 점은 인정해야 한다. 따라서 눈, 머리, 손 및 온몸과 같은 일반적인 것은 단순한 상상의 존재가 아니라 현실에 실제로 정말로 존재한다. 사실 화가들도 가장 환상적이고 기이한 모습으로 세이렌이나 사티로스의 형상을 상상하려 애쓰지만, 모든 면에서 완전히 새로운 본질을 이들에게 부여하진 못하고, 그저 갖가지 동물들의 팔다리와 몸통을 뒤죽박죽 섞어놓은 것에 불과하다. 혹은 이들이 비슷한 것은 아예 본 적도 없을 만큼 완전히 새로운 것을 상상해낸다 해도, 그래서 완전히 허구인 거짓된 것을 만들어낸다 해도, 그들이 거기에 입힌 색만큼은 세상에 실제로 존재한다. 같은 원칙에서 이런 일반적인 것들, 즉 머리, 눈, 손 같은 것이 모두 상상의 소산이라고 해도, 더 단순하고 보편적인 다른 것들은 분명 실제로 있다는 점을 인정해야 한다. 이렇게 현실에 있는 색이 들어간 사물들의 이미지들이 참이든, 거짓이든, 가짜로 지어낸 것이건 허구이건 모두 우리의 의식 속에서 만들어진 것이다.

이러한 부류에 속하는 대상들은 대개 물질이라는 속성을 가지고 있으며, 거기서 모양이 변하거나 확장되거나 수나 강도가 늘어난 대상들 역시 같은 속성을 지니고 있다.

따라서 다음과 같은 결론을 내려도 좋을 듯하다. 물리학, 천문학, 의학 및 기타 학문처럼 그 본질적인 목적이 복합 대상의 연구인 학문은 사실 의심스럽긴 하다. 그러나 산술, 기하학처럼 극히 단순하고 일반적인 것을 다루는 데다 이런 대상이 자연계에 있는지 없는지 상관없는 학문은 어느 정도는 확실하고 의심할 수 없는 무언가를 보유하고 있다. 예를 들어 내가 깨어 있든 잠들어 있든 상관없이 2와 3을 더하면 5이고, 사각형에는 더도 덜도 아닌 네 변만 있다. 이렇게 명백한 진리는 그것이 거짓일 거라는 의혹에 빠질 수 없다.

그렇지만 나에겐 아주 오랫동안 품어온 확고한 믿음이 하나 있었다. 나를 창조한 전지전능한 신이 있다는 믿음이다. 그러나 과연 내가 어떻게 알겠는가? 사실은 신이 만들어놓은 땅도 없고, 하늘도 없고, 펼쳐진 사물도, 모양도, 크기도, 장소도 없는데, 단지 이 모든 것이 지금 내가 인식하는 그대로 있는 것처럼 보이게 만들어 나를 속였을지. 여기서 한발 더 나아가 사람들은 가끔 자신이 완벽하게 알고 있다고 믿을 때 오류를 범한다고 나는 생각한다. 그렇다면 과연 누가 알겠는가? 나도 이렇게 2와 3을 더하거나 사각형의 변을 셀 때나 혹은 그보다 더 단순한 판단을 내릴 때 나 역시 내가 믿는 것이 완벽한 진리라고 속고 있지는 않을지 아무도 알 수 없다.

하지만 신은 아마 내가 그렇게 속기를 바라진 않을 것이다. 그는 지극히 선하다고 하니 말이다. 하지만 항상 속아 넘어가는 나를 만들어낸 점이 그의 선함과 모순된다면, 같은 논리로 내가 가끔 속아 넘어가는 것을 허용하는 일 역시 그의 선함과 상충하는 것처럼 보일 것이다. 하지만 우리가 종종 속아 넘어간다는 점만은 확실하다.

그런데 세상에 확실한 건 없다는 걸 믿느니, 차라리 그렇게 강력한 능력을 지닌 신이 존재한다는 점을 기꺼이 부정해버릴 사람들도 아마 없지 않을 것이다. 하지만 우선 이들의 의견에 반박하는 건 접어두고, 신에 관한 모든 이야기는 꾸며진 것이라는 말을 인정해보자. 그게 운명이건, 우연이건, 여러 사건이 연쇄적으로 일어난 결과이건 아니면 그 어떤 다른 방식을 통해서건 이 중 하나의 방식으로 지금의 내가 되었다고 가정해보자. 거짓에 속거나 오류에 빠지는 것은 일종의 결함이니, 이런 결함이 있는 내가 불완전해질 확률은 이런 나를 만든 존재의 능력과 정확히 비례한다는 결론이 나온다. 다시 말하면 나를 만들어낸 존재의 능력이 부족할수록, 내가 오류를 범할 확률도 높아지는 것이다. 나는 이런 추론에 반박할 수 없었다. 그러나 나는 마침내 이렇게 공언하지 않을 수 없다. 예전에 내가 참되다 믿었던 것들 가운데 의심이 허용되지 않는 것은 아무것도 없다고. 이는 내가 생각 없이 경솔하게 하는 말이 아니라, 숙고해서 설득력 있는 근거에 따라 하는 말이다. 그러니 이후에 뭔가 확실한 것을 발견하길 원한다면, 앞으로는 명백히 틀려 보이는 논증이든 아니든 상관없이 신중하게 고찰해서 동의할 것이다.

그러나 이렇게 생각하는 것만으로는 충분하지 않으며, 이 점을 기억해야 한다. 이렇게 오래된 생각은 너무 익숙해졌기 때문에 습관적으로 다시 떠올라 내 의지에 반해서 마음을 잠식해 들어온다. 그리고 그 오래된 생각이 조금 의심스럽기는 하지만 그럴듯하다고 여겨서 전적으로

부인하기보다 믿는 것이 더 합리적이라고 보는 한, 생각을 의지하고 믿는 습관을 버리지 못할 것이다. 그러니 나라는 존재를 만들어낸 정교한 설계 이론을 뒤집어서, 나를 속이는 것은 나 자신이며, 내가 한 모든 생각과 내 견해는 완전히 거짓이자 내가 한 상상이라는 식으로 나의 오랜 선입견과 내 새로운 선입견의 균형을 맞춰보자. 다시는 나의 비뚤어진 판단 때문에 사물에 대한 올바른 인식에 다다르지 못하는 일이 없도록 말이다. 이렇게 하면 당분간 어떠한 위험이나 오류가 발생하지는 않을 것이고, 내가 불신에 빠질 일도 있을 수 없다. 지금 내가 추구하는 것은 행위의 문제가 아니라 오로지 인식의 문제이니까.

그렇다면 이제 나는 나를 속이기 위해 전력을 다했던 자가 진리의 원천이 지극히 선한 신이 아니라 사악한 악마, 대단히 유능하고 교활한 자라고 가정할 것이다. 하늘, 공기, 땅, 색깔, 모양, 소리 및 모든 외적인 것들은 고지식한 내 마음을 속이기 위해 악마가 준비한 수단인 꿈이라는 속임수일 뿐이라고 생각할 것이다. 나에겐 손, 눈, 살, 피나 다른 감각은 없고, 그저 나에게 이런 것들이 있다는 그릇된 믿음만 있다고 생각하겠다. 나는 단호하게 이런 믿음을 고수할 것이고, 이렇게 하면 참된 지식에 이르는 것은 내 능력 밖의 일일지 몰라도, 최소한 내가 할 수 있는 일, 그러니까 쉽게 판단하지 않는 것과, 틀린 의견에 동의하지 않은 일은 할 수 있게 된다. 아무리 강력하고 교활한 사기꾼이라도 내게 그런 일은 강요하지 못할 것이다. 하지만 이렇게 하기란 몹시 힘들어서 조금만 나태하고 부주의해지면 다시 평소 사고방식으로 돌아가게 된다. 그래서 포로 같은 나는 아마 꿈속에서 상상의 자유를 만끽하고 있다가, 이것이 꿈은 아닐까 의심하면서 깨어나기가 두려워 이 속임수가 길어질지도 모를 거란 희망에 그 매력적인 환상과 손을 잡을지도 모른다. 이 조용한 휴식에 뒤이어 고통스러운 각성의 시간이 찾아오지 않도록, 이제 내가 깨달은 그 고통에서 솟아날 어둠을 쫓아버리기엔 곧 찾아올 아침 햇살이 너무 희미하다고 느낄지도 모른다.

알려지지 않은 채로
살게 하소서

알렉산더 포프
〈고독의 노래〉

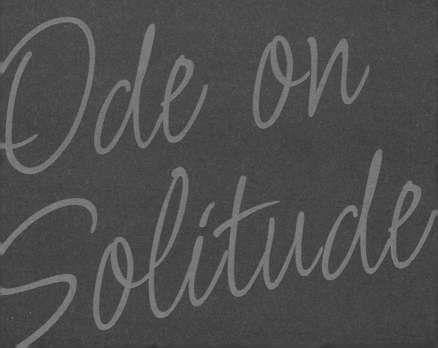

Alexander Pope

알렉산더 포프 1688–1744

영국의 시인. 가톨릭 신자이자 성공한 리넨 상인의 아들인 포프는 영국에서 반 가톨릭 정서가 강했던 시기에 태어났다. 당시 가톨릭 신자들은 투표도 하지 못하고 대학에 진학하지 못했으며 부동산을 물려받지 못하는 등 사회적인 제약이 있었다. 정식 교육을 받지 못한 포프는 주로 독학에 의존해야 했고 열두 살 때 결핵에 걸려 척추가 손상되어 건강도 좋지 못했지만, 여러 언어를 구사할 수 있었으며 특유의 박식함으로 사람들을 놀라게 했다. 무엇보다 시적 재능이 대단히 비범했다. 〈고독의 노래〉는 그가 고작 열한 살 때 쓴 것으로 알려져 있다. 첫 시집인 《전원시》가 1709년에 발표돼 당시 스물한 살이었던 그는 일약 유명 인사가 됐다. 그 후 《비평론》(1711) 등을 펴냈고 《일리아스》, 《오디세이아》를 번역하는 등 문학적 업적을 남겼으며, 신고전주의 정신을 구현한 명쾌한 문장과 통렬한 풍자로 많은 찬사를 받으며 성공을 누렸다.

고독의 노래

행복하리라, 그 사람
바라는바 그저
물려받은 작은 땅에 머물러,
고향의 공기를 만족스럽게 마시고,
자신의 땅에서.

소가 우유를 주고, 밀밭에서 빵이 나오고,
양들이 옷을 주고.
나무들은 여름에 그늘이 되고,
겨울에 땔감이 되지.

축복받았네, 그 사람
세상만사 아무 근심 걱정 없이
시간과 나날들과 여러 해가 고요히 흘러가고,

건강한 육신에 마음의 평온이 깃들어
낮에는 태평하고,

밤에는 곤히 자고,
공부와 쉼이 조화로워,
휴식마저 달콤하네,
그리고 명상과 더불어 가장 환희로운
순수여.

그러니 눈에 띄지 않고 알려지지 않은 채로 살게 하소서,
슬퍼하는 이 하나 없이 죽으리라,
세상에서 슬쩍 사라질 테야,
내 누운 곳 알릴 비석 하나 없이.

자기 안의 빛을 발견하고
관찰하는 법

랠프 월도 에머슨

〈자기 신뢰〉

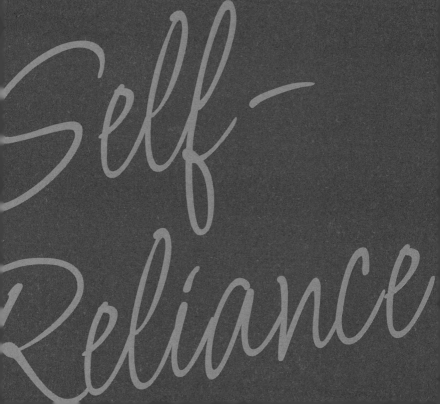

Ralph
Waldo Emerson

랠프 월도 에머슨 1803-1882

미국의 시인이자 수필가. 19세기 미국의 시대정신을 대표하는 인물로, 1803년 미국 보스턴의 목사 집안에서 태어났다. 하버드 대학교에서 신학을 공부하고 목사가 되었으나 교리와 뜻이 맞지 않아 사임했다. 나무랄 데 없는 문장가이자 수사법의 천재로, 능수능란하게 쓴 여러 편의 에세이와 정열이 넘치는 강의들 덕분에 에머슨은 미국의 대표적인 지성인이자 사회비평가로서 명성을 누렸다. 독특한 미국 문화를 지지하는 내용의 연설문인 〈미국의 학자〉(1837)는 '지적 독립선언문'이라는 평가를 받기도 했다. 한편 미국의 초월주의 운동의 토대가 된 그의 에세이 《자연》(1836)은 사회가 개인을 타락시킬 수 있다고 주장하며 개인주의와 자립을 옹호했다. 〈자기 신뢰〉(1841)는 개인의 가치, 자연의 힘, 개인의 사생활과 자유의 중요성에 대한 그의 철학을 피력한 작품이다.

자기 신뢰

"Ne te quaesiveris extra(당신 자신을 당신 밖에서 찾지 말라)"

"인간 자신이 별이고,

정직하고 완전한 인간을 만들어내는 영혼은

모든 빛, 모든 영향력, 모든 운명을 지배한다.

인간에게 일어나는 일 중에

너무 이르거나 너무 늦은 건 없다.

우리 행동은

우리의 천사이거나,

선 혹은 악이며

우리 옆을 조용히 걸어가는 운명의 그림자다."

— 보몬트와 플레처의 희곡 〈정직한 사람들의 운명〉의 에필로그에서

저 아이를 바위에 던져라,

암늑대의 젖을 빨게 하고,

매와 여우와 같이 겨울을 나게 하고

힘과 속도가 그의 손과 발이 되게 하라.*

요전 날 저명한 화가가 쓴 독창적이면서 관습에 얽매이지 않는 시를 몇 편 읽었다. 주제에 상관없이 영혼은 항상 그런 시에서 경고의 목소리를 듣는다. 시가 주입하는 정서는 그것이 품은 사상보다 더 중요하다.

자기 생각을 믿는 사람, 자기가 마음속으로 신실이라고 생각하는 것이 모든 사람에게도 진실이라고 믿는 사람, 이런 사람이 바로 천재다. 마음속에 숨은 확신을 말하면 그것이 보편적 의미를 획득하게 된다. 마음속 가장 깊은 곳에 있는 생각은 시간이 흐르면 밖으로 드러나고, 우리가 처음에 한 생각은 최후 심판의 나팔 소리가 울릴 때 우리에게 돌아오기 때문이다. 이런 마음의 소리는 우리에게 아주 익숙하다. 모세, 플라톤, 밀턴이 남긴 가장 뛰어난 업

---

* 랠프 월도 에머슨의 시, 〈힘〉 전문.

적은 이들이 책과 전통을 무시하고, 남들이 한 말이 아니라 자기 생각을 말한 것이다. 사람은 자신의 내면에서 번뜩이며 지나가는 한 줄기의 빛을 발견하고 관찰하는 법을 배워야 한다. 그 한 줄기의 빛이 시인이나 현인들에게서 나와 하늘을 환하게 밝히는 불빛보다 더 중요하다. 하지만 사람들은 그 생각이 자기에게서 나왔다는 이유만으로 무시해버린다. 모든 천재의 작품에서 우리는 그렇게 거부해버린 자신의 생각을 발견한다. 그것은 낯설지만 위풍당당한 모습으로 우리에게 돌아온다.

배우다 보면 부러움은 무지에서 나오고, 모방은 자살행위라는 확신에 도달하게 된다. 그러니 좋든 나쁘든 자신과 자신의 운명을 있는 그대로 받아들여야 한다. 이 넓은 우주는 좋은 것으로 가득 차 있지만, 주어진 땅을 자기 손으로 갈지 않는 한 단 한 알의 옥수수도 손에 넣을 수 없다. 인간의 내면에 있는 잠재력은 근본적으로 새롭지만, 시도해보기 전까지는 자신에게 그런 능력이 있는 줄도 모르고, 그걸로 뭘 할 수 있는지도 모른다.

우리에게 강렬한 인상을 남기는 얼굴, 성격, 사실이 있는가 하면 그렇지 않은 것도 있다. 기억 속에 각인된 인상은 조화롭기 때문이다. 우리 눈은 빛이 떨어지는 위치에 있어서 특정한 빛을 인식한다. 하지만 우리는 자기 생각을 절반도 제대로 드러내지 못하고, 자신이 표현한 신성한 생각을 오히려 부끄럽게 여긴다. 그 신성한 생각은 자신에게 잘 맞고 분명 좋은 결과가 나올 것이니 충실하게 전해야 한다.

신은 자신의 역사를 전하는 임무를 겁쟁이에게 맡기지 않는 법이다. 인간은 맡은 일을 성심껏 최선을 다해서 했을 때 개운함을 느끼고 즐거워진다. 그러지 않았을 땐 마음이 불편해진다. 그런 사람은 구제할 길이 없다. 그런 식으로 행동했다간 천재성도 떠나고, 영감을 불어넣는 뮤즈에게도 절교당하고, 독창성도, 희망도 없다.

자신을 믿어라. 모든 사람의 심장은 이 철칙에 본능적으로 공명한다. 신의 섭리가 당신을 위해 마련한 자리, 동시대를 살아가는 사람들과의 사교, 사건 사이의 연결성을 받아들여라. 위대한 사람들은 항상 그렇게 해왔다. 그들은 천재적인 시대정신에 아이처럼 의지했고, 절대적으로 믿을 수 있는 가치가 자신의 가슴에 있고, 그것이 자신의 두 손을 통해 일하며, 자신의 전 존재를 지배하고 있다고 자각했다.

　우리는 이제 어른이니 가장 고결한 마음으로 그와 같은 초월적 운명을 받아들여야 한다. 우리는 보호받고 있는 미성년이나 환자가 아니며, 혁명을 피해 달아나는 겁쟁이도 아니다. 우리는 전지전능한 분의 노고에 복종하며 혼란과 어둠을 향해 나아가는 안내자, 구세주, 후원자가 되어야 한다.

　자연이 어린아이, 갓난아이, 심지어 짐승의 얼굴과 행동이라는 텍스트에 쓴 신탁은 그 얼마나 아름다운가! 어린아이, 갓난아이, 짐승에게는 분열되고 반항하는 마음, 감정에 대한 불신이 없다. 그런 반항과 불신은 자신의 삶에 의미를 주는 목적과 대조되는 곳에 자신의 힘과 수단을 쓸 수 있다는 계산속에서 나온 것이다. 아직 분열되지 않은 그들의 마음은 온전하고, 아직 이런 계산을 할 줄 모르는 그들의 눈은 순수하다. 그래서 우리는 그들의 눈을 들여다보고 당황한다. 젖먹이는 누구에게도 복종하지 않으며, 외려 모두가 그에게 복종한다. 그래서 보통 어른 네다섯 명이 혀 짧은 소리로 아이를 어르고 놀아주다 같이 아이가 돼버린다. 그래서 하나님은 어린아이와 소년과 어른의 각 단계에 맞추어 그만의 묘미와 매력을 부여해서 바람직하고 우아한 존재로 만들었으며, 자신의 가슴 속에서 나서는 어린아이의 요구를 거부하지 못하도록 했다. 아이가 당신과 나에게 말을 못 한다고 해서 힘이 없는 존재라고 생각하지 마라. 잘 들어라! 옆방에서 아이의 목소리가 아주 분명하고 뚜렷하게 들린다. 그 아이는 동시대인에게 말하는 방법을 알고 있는 듯하다. 숫기가 있건 없건 아이는 어른을 완전히 무력한 존재로 만드는 법을 알고 있다.

저녁 식사가 확실히 나올 걸 아는 소년들은 무심하다. 그들은 마치 영주라도 되는 양 남의 비위를 맞추는 말이나 행동을 경멸한다. 이런 건전한 태도가 바로 인간의 본성이다. 거실에 있는 소년은 극장의 무대 앞 맨바닥에 퍼질러 앉은 관객과 같다. 그는 독립적이고 무책임하며 자기 옆을 지나는 사람과 사물을 곁눈질하면서 소년 특유의 빠르고 충동적인 방식으로 그 사람들이 좋거나, 나쁘거나, 흥미롭거나, 어리석거나, 말을 잘한다거나, 골치 아프다는 식으로 판단한다. 일체의 결과나 이해관계에 매여 있지 않은 아이는 진정 독립적이고 올바른 판결을 내린다. 그러니 당신이 아이의 비위를 맞춰야지, 아이가 당신의 비위를 맞추진 않는 법이다. 그에 반해 어른은 자의식이라는 감옥에 갇혀 있다. 어른은 어떤 말이나 행동으로 갈채를 받는 순간, 자동으로 어느 한쪽에 속하게 되어 다수의 동정이나 증오를 받게 된다. 그러니 사람들의 눈치를 볼 수밖에 없다. 이제 이 일을 망각할 길도 없다. 그럴 수만 있다면 '아, 다시 원래대로 중립으로 돌아갈 텐데'라고 아쉬워하겠지만.

이렇게 어느 무리와 한편이 되겠다는 맹세를 일절 거부할 수 있는 사람. 주변 사람이나 사물을 냉정하게 관찰한 후에 변함없이 편견을 갖지 않고, 뇌물로 매수할 수 없으며, 두려움 없이 우직하게 자기 의견을 말할 수 있는 사람은 천하무적이 된다. 이런 사람이 현안에 관한 의견을 말하면, 사적인 게 아니라 꼭 필요한 의견이기 때문에 사람들의 귀에 쏙쏙 들어가 박히면서 종내에는 두려운 존재가 된다.

혼자 있을 때는 이런 소리가 들리지만, 세상에 들어가면 희미해지다가 어느새 끊어지고 만다. 모든 사회는 구성원이 제대로 된 어른으로 성장하지 못하도록 음모를 꾸민다. 사회는 일종의 주식회사로, 구성원들은 주주가 받을 빵을 더 잘 확보하기 위해 빵 먹는 사람의 자유와 문화를 포기하기로 합의한다. 이곳에서 가장 크게 평가되는 미덕은 순응이다. 그러므로 주식회사는 자기 신뢰를 혐오한다. 사회는 진실성이나 창조성보다 명목과 관습을 선호한다.

제대로 된 어른이 되려면 맹목적으로 관행을 따라선 안 된다. 불멸의 종려잎을 얻으려는 사람은 이름뿐인 선을 추종하지 말고, 그것이 정말 선인지 꼼꼼하게 살펴야 한다. 결국, 신성한 것은 당신의 진실한 마음뿐이다. 당신의 의견을 솔직하고 떳떳하게 밝혀라. 그러면 온 세상이 당신의 의견에 동의할 것이다.

내가 어렸을 때 있었던 일이다. 어떤 존경받는 고문이 교회의 오래된 교리들을 무조건 따르라고 했을 때 나는 이렇게 답했다.

"나는 오로지 내면의 힘으로 살아가려 하는데 그 신성한 전통이 나와 무슨 상관이 있습니까?"

"그런 충동은 아래에서 올라오는 것이지 위에서 내려오는 것이 아니다." 고문이 말했다.

"나는 내 충동을 그렇게 보지 않습니다. 하지만 그것 때문에 내가 악마의 자식이 된다면, 악마로 살아가겠습니다."

내게는 내 본성 말고는 그 어떤 법도 신성하지 않다. 선과 악은 아무 데나 쉽게 갖다 붙일 수 있는 이름에 지나지 않는다.

유일하게 옳은 일이란 내 기질에 따라 사는 것이며, 그것에 어긋나면 다 잘못된 것이다. 제대로 된 어른이란 어떤 반대에 부딪혀도 자신을 제외한 모든 것은 유명무실한 찰나의 것으로 생각한다.

그럴듯한 배지와 이름, 거대한 사회와 죽어버린 제도에 사람들이 너무 쉽게 무릎을 꿇는 모습을 볼 때마다 부끄러워진다. 반면 품위 있고 조리 있게 말하는 사람들을 보면 나는 또 지나친 감동과 영향을 받는다. 올바르고 자신 있게 앞으로 나가 모든 면에서 진실만 말해야 한다. 악의와 허영의 외투를 걸친 독지가가 사람들에게 통할까?

평소에 화를 잘 내고 편견이 아주 심한 어떤 사람이 노예제 폐지라는 대의를 옹호했다고 치자. 그가 내게 와서 바베이도스섬*의 최근 소식을 전하면 나는 이렇게 대답할 것이다.

---

* 카리브해의 섬나라. 1834년 이곳에서 노예제가 폐지되었다.

"가서 당신의 갓난아기를 사랑해주십시오. 당신의 장작을 패는 사람을 사랑하십시오. 선량하고 겸손한 사람이 되시고, 그런 성품을 실천하는 품위를 가지십시오. 수천 킬로미터 떨어진 곳에 있는 흑인들에게 이렇게 믿을 수 없는 애정을 표현하면서 냉정하고 무자비한 당신의 야망을 감출 생각은 하지 마십시오. 먼 이웃을 사랑한다면서 가까운 이웃에게 악행을 저지르지 마십시오."

이런 말은 거칠고 품위 없게 들리지만, 진실은 가식적인 사랑보다 훨씬 더 아름답다. 당신의 선량함에 날이 서 있지 않다면, 그건 선량함이 아니다. 징징거리는 사랑의 교리에 맞서려면 증오의 교리를 설교해야 한다. 내 안의 '천재'가 나를 부를 때면 나는 아버지, 어머니, 아내, 형제까지 다 피해버린다. 그리고 문기둥 위쪽에 '변덕'이라는 단어를 써놓고 싶다. 하지만 결국엔 그보다 더 나은 말을 써놓겠지. 아무튼, 그들에게 설명하느라 하루를 다 보낼 수는 없으니까. 내가 어떤 사람과는 어울리고 또 어떤 사람은 피하는지에 대한 이유를 말해줄 거라고 기대하지 말라. 또한, 어떤 선량한 사람이 오늘 그랬던 것처럼, 가난한 사람들이 모두 좋은 환경에서 살아가도록 해야 할 의무가 나에게 있다고 하지 말라. 그들이 '나의' 가난한 사람들인가? 어리석은 박애주의자인 당신에게 말하건대 내가 소속감도 느끼지 못하고 친하지도 않은 사람들에게는 단 1달러, 1다임, 1센트도 주고 싶지 않다. 분명 정서적으로 잘 맞아서 내가 품고 설득해야 하는 사람들은 있다. 필요하다면 그들을 위해 감옥에 가는 것도 마다하지 않겠다. 그러나 온갖 대중적 자선 행위, 바보들이 모인 대학 교육, 많은 사람이 지지하는 헛된 목적을 이루기 위한 집회 장소 마련, 주정뱅이에게 하는 동냥, 온갖 지원 단체에 기부하기와 같은 일은 사절한다. 부끄럽게도 가끔 그런 요청에 굴복해 돈을 주기도 했지만, 그것은 사악한 돈이다. 머지않아 그런 요청을 거절하는 어른스러움을 갖게 되길 바란다.

대중적인 관점에서 보면, 미덕은 원칙이라기보다 예외에 가깝다. 인간이 먼저고 미덕이 다음이다. 사람들은 자기가 용기 있고 자비로운 사람이라는 걸 보여주기 위해 소위 선행을 한다. 날마다 벌어지는 열병식에 불참한 속죄로 벌금을 내는 것과 같다. 그들의 선행은 살아가면서 으레 하게 되는 변명 혹은 정상참작과 같고, 환자나 정신이 상자가 병원에 내는 고액의 병원비와 같다. 일반인이 하는 덕행은 속죄에 불과하다.

하지만 나는 속죄하며 살고 싶지 않다. 내 인생은 나를 위한 것이지 남에게 보여주기 위한 것이 아니니까. 불안정하지만 화려한 삶보다는 지체는 낮더라도 진실하고 평등한 삶을 훨씬 더 선호한다. 나는 식사량을 줄이거나 피를 뽑을 필요 없이 건강하고 행복하게 살고 싶다. 나는 당신이 인간이라는 근본적인 증거를 원하지, 지금까지 이런저런 일을 했다는 호소는 듣고 싶지 않다. 이른바 탁월하다는 행동을 했는지 안 했는지는 중요한 문제가 아니라는 걸 내가 직접 겪어서 알고 있다. 내가 타고난 권리를 지닌 곳에서 특혜를 누리고 있다면서 나에게 그 대가를 치르라는 요구에는 동의할 수 없다. 내 재주가 적을지도 모르지만, 나는 실제로 여기 존재하는 인간이니, 그런 나도 괜찮다는 스스로의 확신이나 동료들의 말은 필요 없다.

내가 해야 할 일은 내가 관심이 가는 일이지, 남이 중요하다고 생각하는 일이 아니다. 이 원칙은 실제 생활이나 지적 생활에서 지키기가 몹시 어렵지만 위대함과 평범함을 가르는 기준이 된다. 이 원칙을 지키기 어려운 이유는 뭐가 당신의 의무인지 당신보다 더 잘 안다고 주장하는 사람들이 주변에 항상 있기 때문이다. 여론을 따라 사는 건 쉽다. 고독 속에서 자기 생각에 따라 살기도 쉽다. 하지만 위대한 사람은 군중 한가운데서 꿋꿋하게 독립적으로 살아가는 사람이다.

당신이 보기에 죽어버린 관습에는 절대 순응하지 말라. 그러면 당신의 힘이 사방으로 흩어져버린다. 그러면 당신의 시간을 빼앗기고 당신의 개성이 흐릿해진다. 당신이 죽은 교회에 다니고, 죽은 성서 공회에 기부하고, 정부에 찬성하든 반대하든 거대 정당에 투표하고, 평범한 가정부처럼 식탁을 차린다고 해보자. 나는 그런 장막에 가려져 있는 당신이 어떤 사람인지 정확히 파악할 수 없다. 그렇게 살다 보니 당신의 힘이 많이 흐트러졌기 때문이다. 그러나 당신이 자신이 선택한 일을 한다면 쉽게 알아볼 것이다. 그 일을 하면서 당신은 점점 더 강해질 것이다. 이 순응이라는 게임이 눈먼 사람의 허세라는 점을 생각해봐야 한다. 만약 당신이 어떤 종파에 소속돼 있는지 안다면, 나는 당신이 무엇을 주장할지 예상할 수 있다. 어떤 설교자가 자신이 소속된 교회 제도의 편의를 주제로 설교한다는 말을 들었다. 그렇다면 그 설교에서 새로운 이야기는 나오지 않을 거라는 걸 충분히 예상할 수 있다. 말로는 그 제도의 근거를 검토한다고 내세우지만 사실 그런 일은 안 할 것 아닌가? 그가 그 교구의 목사로서 자신에게 허용된 측면만 다룰 것이라는 점을 나는 알고 있다. 말하자면, 그는 그 교구에 고용된 변호사나 다름없고 그런 그가 출입하는 법정 분위기는 공허하고 가식적일 뿐이다.

그렇다, 사람들은 대부분 자기 눈을 가린 채 이런 몇몇 여론 집단의 일원으로 살아가고 있다. 이렇게 순응하는 태도로 살다 보면 몇 가지 구체적인 사항에서 하는 거짓말에 그치지 않고, 모든 사항에서 틀린 말을 하는 사람이 된다. 그들이 말하는 진실은 사실 진실이 아니다. 그들의 둘은 진짜 둘이 아니고, 둘 더하기 둘은 넷이 되지 않는다. 그래서 그들이 내뱉는 말에 분통이 터지고, 그걸 바로잡으려면 어디서부터 시작해야 할지 암담해진다.

그동안 자연은 우리가 추종하는 당파의 죄수복을 재빨리 준비한다. 우리는 단 하나의 얼굴과 자세에 익숙해지고 힘없고 우둔한 표정으로 서서히 굳어진다. 이것은 굉

장히 굴욕스러운 경험으로, 역사에도 언제나 등장한다. 지금 나는 "칭찬만 늘어놓는 바보 같은 얼굴"에 대해 말한 것이다. 불편한 자리에서 별 관심도 없는 이야기에 대답할 때 우리가 억지로 짓는 표정이 바로 그렇다. 자연스럽게 안면 근육이 움직여서 생기는 미소가 아니라, 억지로 마지못해 떠올리는 미소로, 얼굴 윤곽이 팽팽하게 당기면서 말할 수 없이 불쾌해진다.

순응하지 않는 사람에게 세상은 이렇게 불쾌한 반응을 보이며 채찍질한다. 그래서 사람들은 상대방의 시큰둥한 표정을 금방 간파하는 법을 배우게 된다. 구경꾼들은 순응하지 않는 자를 광장 네거리나 친구 집 응접실에서 비뚜름하게 쳐다본다. 이런 혐오감이 당사자가 느끼는 것처럼 경멸이나 저항에서 비롯된 것이라면, 순응하지 않는 사람은 당연히 슬픈 표정을 지으며 집으로 돌아갈 것이다. 그러나 대중의 시큰둥한 얼굴은 그들이 보여주는 다정한 얼굴과 마찬가지로 근본적인 이유가 없이 그저 바람 부는 대로, 언론 보도에 따라 바뀐다. 그런데도 상원과 대학의 불만보다 일반 대중의 불만이 훨씬 더 만만찮게 느껴진다.

세상 물정을 잘 아는 단단한 사람이라면 교양인 계급의 분노를 견디기가 훨씬 쉽다. 그들의 분노는 점잖고 신중하며, 자기들도 쉽게 상처받는 성향이 있어서 소심하다. 그러나 그 나약한 분노에 대중의 분노가 더해져, 무지한 자와 가난한 자가 들고일어나고, 사회 밑바닥에 도사리고 있던 비이성적인 짐승 같은 힘이 포효하면서 얼굴을 찌푸리며 고개를 쳐들 때가 있다. 그런 분노를 걱정할 필요가 없는 사소한 일처럼 다루려면 대범함과 신앙심이 필요하다.

우리를 겁주어 자기 신뢰를 막는 또 다른 두려움으로 일관성이 있다. 일관성은 우리가 과거에 한 행동이나 발언을 숭배하는 태도다. 다른 사람이 우리의 행로를 찾아보려 할 때는 과거에 한 행위라는 자료밖에 없고, 우리는 그런 그들을 실망하게 만들고 싶지 않은 것이다.

당신은 왜 자꾸 어깨 뒤쪽을 돌아보는가? 왜 기억이라는 시신을 힘겹게 끌고 다니는가? 당신이 이런저런 공공장소에서 했던 말과 모순되는 말을 하지 않으려고? 당신이 모순되는 말이나 행동을 했다고 치자. 그게 뭐 어떻다는 건가? 과거를 기억하는 일에서조차 기억에만 의지해선 안 된다. 지혜로움이란 천 개의 눈을 가진 현재로 과거를 끌어내 재판받게 하고 매일매일 새롭게 살아가는 것이다. 형이상학에서 당신은 신에게 인격을 부여하길 거부했지만, 영혼의 거룩한 움직임이 찾아오면 온 마음과 목숨을 다해 복종해야 한다. 그것이 신의 형태와 색깔을 갖춘 모습으로 나타나더라도 말이다. 요셉이 자기를 잡아끄는 요부의 손에 외투를 던지고 도망쳤던 것처럼* 일관성에 대한 당신의 이론을 던져버려라.

어리석은 일관성은 옹졸한 사람들의 헛된 망상으로 편협한 정치가, 철학자, 성직자들이나 소중히 다루는 것이다. 위대한 영혼은 일관성 따위 개의치 않는다. 차라리 그 사람에게 벽에 비치는 자신의 그림자를 신경 쓰라고 하라. 당장 당신 생각을 확실하게 말하라. 그리고 내일이 되면 내일 떠오르는 생각을 확실히 말하라. 그것이 오늘 한 말과 완전히 모순된다 해도.

'아, 그러면 오해받기 딱 좋아요.' 남에게 오해받는 것이 그렇게 큰일 날 일인가? 피타고라스도, 소크라테스도, 예수도, 마르틴 루터도, 코페르니쿠스도, 갈릴레오도, 뉴

---

* 〈창세기〉 39장 12절. 요셉이 파라오의 친위대장 보디발의 집에서 일할 때 보디발의 아내가 유혹해오자, 요셉은 외투를 내던져 유혹에서 벗어났다.

턴도 모두 오해받았다. 아니, 이 세상에서 살아간 순수하고 현명한 사람들은 다들 그런 식으로 오해를 받았다. 위대하다는 것은 오해받는다는 뜻이다.

아무도 자신의 본성을 거스를 수 없다고 나는 생각한다. 아무리 자신의 의지를 드러내려 해도 결국 자신의 성격을 벗어날 수 없다. 그것은 안데스산맥과 히말라야산맥의 고저기복을 지구의 거대한 곡선과 비교하면 사소해지는 것과 같다. 당신이 어떤 사람을 어떤 방식으로 판단하고 시험하는지도 별로 중요하지 않다. 사람의 성품은 애크로스틱 체*나 알렉산드리아 시구*와 비슷하다. 앞에서 읽든, 뒤에서 읽든 혹은 사선으로 가로지르며 읽든 언제나 같은 글자가 나오는 식이다.

신이 내게 허락하신 아주 즐거우면서도 깊이 뉘우치게 되는 생활 속에서 나는 미래를 내다보지도 않고, 과거를 돌아보지도 않은 채 매일 내 생활을 정직하게 기록한다. 그럴 의도도 없었고, 다시 되새겨본 적도 없지만, 내

---

* 운문 문체의 일종으로 각 행의 첫 글자나 끝 글자를 모으면 어떤 사물의 이름 또는 한 문장이 되는 일종의 놀이.
** 프랑스에서 시작된 독특한 운율이 있는 운문 문체.

기록은 분명 일정한 균형을 유지하고 있을 것이다. 내 책에서는 소나무 냄새가 나고 곤충들의 윙윙거리는 소리가 울려 퍼질 것이다. 내 집 창문 위의 제비는 부리에 실이나 지푸라기를 물고 와서 처마 위에서 둥지를 엮는다. 우리는 사람들에게 있는 그대로의 모습으로 받아들여진다. 우리의 성품이 우리의 의지보다 한 수 위에 서서 우리를 가르친다. 사람들은 눈에 띄는 행동을 통해서만 미덕이나 악덕이 드러난다고 생각하겠지만, 미덕이나 악덕 그 자체가 매 순간 살아 숨 쉰다는 사실은 모른다.

　인간의 행동이 아무리 다양하다 해도 때맞춰 정직하고 자연스럽게 일어난다면 모두 일치하게 된다. 겉보기엔 달라 보여도 모두 하나의 의지에서 나왔으므로 조화로운 것이다. 이런 다양성은 약간 거리를 두고 조금 더 높은 차원에서 생각하면 흔적도 없이 사라져버린다. 하나의 경향이 이 모든 것을 하나로 만든다. 아무리 최고의 선박이라도 항해할 때는 백 개의 지그재그 항적이 생긴다. 그 선을 적당히 멀리서 보면 평균적인 직선 항로가 되는 모습이 보인다. 당신의 진정한 행동은 저절로 해명될 것이고, 다른 진정한 행동들도 그렇게 될 것이다. 하지만 순응하는 태도로는 아무것도 설명하지 못한다. 그러므로 홀로 행동하라. 당신이 홀로 행동해온 것이 지금 있는 그대로의 당신을 정당화할 것이다. 위대함은 미래에 호소한다. 내가 오늘 올바른 일을 할 만큼 마음이 단단하며, 타인의 시선을 거부할 수 있다면, 지금의 나를 변호할 수 있을 만큼 옳은 일을 많이 해왔을 것이다. 어떻게 행동하든 지금 당장 올바르게 행동하라. 세상에 드러난 모습에 개의치 않으면 언제나 옳은 일을 할 수 있다. 성품의 힘은 누적된다. 지금까지 해온 모든 미덕이 지금의 나에게 힘이 된다.

의회의 의원이나 야전 영웅들을 위풍당당한 모습으로 만들어 사람들의 상상력을 채우는 힘은 무엇일까? 영웅들이 남긴 위대한 날과 승리를 사람들이 생생하게 의식하기 때문이다. 그런 영광스러운 시절과 승리가 앞서 나아가는 자들에게 빛을 비춘다. 그 사람은 눈에 보이는 천사들의 호위를 받는 것이다. 그런 힘을 받아 영국 총리 대[大]피트는 천둥 같은 목소리로 연설했고, 조지 워싱턴의 태도에는 위엄이 가득했으며, 미국 대통령 존 애덤스의 눈에는 애국심이 반짝거렸다. 명예에 권위가 실리는 이유는 오랜 생명력 때문이다. 그것은 항상 오래된 미덕이었다. 우리가 명예를 존중하는 이유는 오랜 세월을 견뎌왔기 때문이다. 우리는 명예를 사랑하고 경의를 표한다. 그것이 우리의 사랑과 존경심을 강요해서가 아니라 그 자체로 독립적이고 자생적이기 때문이다. 명예는 설사 젊은 사람의 것이더라도 오래되고 흠잡을 데 없는 내력을 지니고 있다.

이제 순응이니 일관성이니 하는 말이 더는 들리지 않길 바란다. 이런 말은 신문에서나 웃음거리가 되게 하라. 식사 시간을 알리는 징 소리 대신 스파르타의 고적에서 흘러나오는 휘파람 소리를 듣도록 하자. 이제 더는 고개 숙이며 사죄하지 말자. 위대한 사람이 우리 집에 식사하러 올 것이다. 나는 그의 비위를 맞추지 않는다. 오히려 그가 내 비위를 맞추길 바란다. 나는 인류를 대신해 서 있을 것이다. 그에게 친절히 대하겠지만 진정한 인간의 모습을 보여줄 것이다.

이 시대의 닳고 닳은 평범함과 한심한 만족감을 경멸하고 질책하자. 관습과 무역과 관직의 면전에 대고 인간이 일하는 곳마다 위대하고 책임감 있는 사상가이자 실행자가 일하고 있다는 사실이 역사의 결론이라는 사실을 알려주자. 진정한 인간은 어떤 시대나 장소에 속하지 않은 채 언제나 세상의 중심에 홀로 우뚝 서 있다. 그가 있는 곳에 자연이 있다. 거기서 그는 당신과 모든 사람과 사물을 판단한다.

보통은 사회 속에 있는 사람을 보면 어떤 것 혹은 어떤 사람이 떠오른다. 반면 위인의 성품과 실체는 봐도 연상되는 게 없다. 우주 만물을 대표하기 때문이다. 위대한 인간의 그릇은 너무나 거대해서 주변의 모든 상황을 하찮게 한다. 진정한 인간은 하나의 대의, 하나의 국가, 하나의 시대가 된다. 자신이 의도한 바를 충분히 실현하려면 무한한 공간, 숫자, 시간이 필요하다. 그 결과 후대 사람들은 추종자들처럼 그 발자취를 따라간다.

카이사르가 태어나고 여러 세대가 지난 후 로마 제국이 들어섰다. 그리스도가 탄생한 뒤 수백만 명이 그 속에서 성장했고 그의 특별한 재능에만 집착한 나머지, 그의 미덕과 인간의 가능성을 혼동했다. 사회제도는 길게 늘어진 한 인간의 그림자이다. 예를 들어 수도원 제도는 은둔자 안토니우스의 그림자이며, 종교개혁은 마르틴 루터, 퀘이커교는 조지 폭스, 감리교는 존 웨슬리, 노예제도 폐지는 토머스 클라크슨의 그림자인 것이다. 시인 존 밀턴이

스키피오*를 일컬어 "로마의 정점"이라고 말했듯 모든 역사는 몇몇 굳세고 성실한 인물들의 전기로 쉽게 귀착될 수 있다.

인간은 자신의 가치를 알고 사물을 자신의 발밑에 둬야 한다. 자신을 위해 존재하는 세상에서 세상을 슬쩍 들여다보거나 훔치면서, 혹은 자선 학교에 다니는 학생이나 사생아, 침입자 같은 분위기를 풍기면서 살금살금 숨어 다니면 안 된다. 평범한 사람은 자기 안에 거대한 탑을 짓거나 대리석으로 신의 모습을 조각할 정도의 능력이 있음을 보지 못한다. 그래서 그런 탑이나 조각을 볼 때면 자신을 아주 형편없는 존재로 생각한다. 그에게 왕궁, 조각상, 값비싼 책은 화려한 마차 행렬처럼 낯설고 금지된 것으로 보인다. 그것들은 그에게 "대체 당신은 누구야?"라고 묻는 것 같다.

그러나 이것들은 실은 모두 그의 것으로 그의 관심을 호소한다. 이것들은 이걸 쟁취할 그의 재능을 보여달라고 탄원한다. 그림도 내 의견을 기다린다. 나에게 자신을 보

---

* 푸블리우스 코르넬리우스 스키피오. 제2차 포에니 전쟁에서 카르타고의 명장 한니발을 패배시킨 로마의 장군.

라고 명령하는 것이 아니라, 그것이 칭찬받을 만한 가치가 있는 그림인지에 대한 나의 판결을 기다리는 것이다. 주정뱅이에 관한 유명한 우화가 있다. 어떤 사람이 고주망태가 돼서 거리에 쓰러져 있다가 발견되어 공작의 집으로 실려 갔다. 사람들은 그의 몸을 깨끗이 씻기고 좋은 옷을 입혀 공작의 침대에 눕혔다. 그가 깨어나자, 사람들은 그를 공작처럼 공손히 대했다. 그러자 그는 자신이 잠시 정신을 놓은 채 살아온 게 틀림없다고 생각했다. 이 우화가 왜 인기가 있을까? 인간이 처한 상황을 상징하는 이야기이기 때문이다. 인간은 이승에서 주정뱅이처럼 살아가지만, 가끔 술에서 깨어나 정신을 차려보면 실은 자신이 진정한 군주임을 알게 된다는 이야기다.

우리가 그동안 읽어온 이야기는 구걸과 아첨의 이야기다. 역사 속에서, 상상력은 언제나 우리를 배반했다. 왕국, 영지, 권력, 재산 같은 단어는 "작은 집에서 평범한 일을 하며 살아가는 존이나 에드워드" 같은 말보다 더 화려해 보인다. 어차피 사는 건 왕이나 서민이나 똑같고, 그 둘이 남긴 삶의 총합도 같다. 그런데 왜 앨프리드 왕, 스칸데르베그 왕, 구스타브 왕에게 우리는 이렇게 경의를 표하는

가? 그들이 덕이 있는 왕이었다 해도 과연 그들이 그런 미덕을 철저하게 실행했을까? 오늘 당신이 한 행동은 이런 왕들의 공적이고 유명한 발자취 못지않게 세상에 큰 영향을 미칠 수 있다. 개인이 품은 독창적인 견해를 당당하게 실행한다면 왕들의 행위를 비추던 빛은 이런 깨어난 시민들의 행위로 옮겨갈 것이다.

세상은 왕들에게 지시를 받아왔으며, 이들은 국민의 시선을 끌어모았다. 이 거대한 상징(왕)에게서 배운 상호 존경심이 사람에게서 사람으로 전해졌다. 사람들은 어디서나 기쁜 마음으로 충성심에 가득 차서 왕, 귀족, 대지주가 법률에 따라 그들 속에서 자유롭게 활보하도록 허용했다. 또 왕, 귀족, 대지주가 사람과 사물의 계급을 정하도록 놔둔 바람에 정작 자신의 계급은 맨 밑으로 떨어졌다. 왕, 귀족, 대지주는 그들이 얻은 혜택에 대한 대가로 돈이 아니라 명예를 지급했고 그들 자체가 곧 법이 되었다. 왕, 귀족, 대지주는 사람들에게 일종의 상형문자 같은 존재가 되었고, 이를 통해 서민은 자신의 권리와 적합성, 즉, 모든 사람의 권리를 막연하게 표기할 수 있었다.

인간이 왜 모든 독창적 행위에 그토록 매료되는지

는 자기 신뢰의 이유를 연구해보면 이해할 수 있다. 우리를 신뢰하는 이는 누구인가? 보편적 신뢰의 토대가 되는 근원적 자아란 무엇인가? 과학을 당혹스럽게 만드는 별의 본질과 힘은 무엇인가? 별은 시차도 없고 측정 가능한 요소도 없지만, 아주 작은 독립성이라도 나타나면 아무리 사소하고 불순하더라도 거기에 아름다운 빛을 쏘아주지 않는가? 이 탐구를 통해 우리는 그 근원에 도달하는데, 그것이 우리가 자발성 혹은 본능이라 부르는 천재성, 미덕, 생명의 본질이다. 우리는 이 최초의 지혜를 직관이라 부르고 그 뒤에 나오는 모든 가르침을 교양이라고 한다. 이처럼 깊은 곳에 내재한 힘, 인간의 지적 분석이 마지막까지 도달하지 못하는 이곳에서 모든 사물 공통의 원천이 발견된다.

고요한 시간에 우리의 영혼 속에서 흘러나오는(그 방법은 모르겠지만) 존재함의 느낌은 사물들과 다르지 않고, 공간, 빛, 시간, 인간과도 다르지 않다. 그 모든 것과 하나인 그것의 근원은 같으며, 그 사물들의 생명과 존재의 근원도 같다. 처음에는 사물을 존재하게 하는 생명을 공유한다. 그다음에 자연에 나타난 사물을 보면서, 실은 우리와 그것의 근원이 같다는 점을 망각한다. 여기에 행동과 생각의 원천이 있다. 여기에 사람들에게 지혜를 주는 영감의 허파가 있는데도 그 영감을 부정하는 것은 신성모독이나 무신론과 같다. 우리는 거대한 지성의 무릎 위에 누워 있다. 이 지성은 우리를 진리의 수신자이자 그 행위를 하는 주체로 만든다. 정의나 진리를 알아볼 때, 우리가 하는 일은 아무것도 없고 그저 진리의 빛이 우리 마음속을 통과하도록 할 뿐이다. 그 빛이 어디에서 오는지 묻는다면, 또 그것의 원인인 영혼을 들여다보려 하면 모든 철학은 오류투성이가 될 것이다. 우리가 확인할 수 있는 건 그 빛의 유무뿐이다.

모든 사람이 자발적인 마음의 작용과 비자발적인 인식의 차이를 구분하며, 덕분에 비로소 온전한 신앙이 가능하다는 것을 안다. 그런 직관을 표현할 때 실수를 저지를 순 있지만, 직관으로 알게 된 것은 자연의 이치처럼 반박할 수 없이 확고한 진리다. 내 멋대로 하는 행동이나 습득된 지식은 하릴없이 떠돌아다닌다. 게으른 몽상이나 어렴풋이 타고난 정서가 나의 호기심과 존경심을 장악하고 있다. 지각없는 사람들은 타인의 의견에 반박하듯 이 진술도 반박한다. 아니, 그보다 더 성급하게 반박한다. 그들은 직관과 관념을 구분하지 못하기 때문이다. 그들은 내가 이것 혹은 저것을 이런저런 식으로 보기로 선택했다고 생각한다. 그러나 직관은 변덕스러운 것이 아니라 숙명적이다. 만약 내가 어떤 특징을 봤다면 자녀들도 내 뒤를 이어 그것을 보게 될 것이고, 시간이 흘러 모든 인류도 보게 될 것이다. 하지만 나 이전의 사람들은 그것을 보지 못했을 수도 있다. 나의 직관은 하늘의 태양만큼이나 반박할 수 없는 사실이다.

영혼과 성령의 관계는 너무나 순수해서 그 사이에 끼어들어 도움을 청하려 하면 신성모독이 된다. 신이 말씀하실 때는 어느 하나가 아니라 전체를 말한다. 온 세상을 그의 목소리로 가득 채우고, 그 생각의 중심에서 빛, 자연, 시간, 영혼, 등을 온 세상으로 뿌려준다. 그렇게 새날이 태어나고 만물을 새로 창조한다.

마음은 단순해서 신성한 지혜를 받아들이면 낡은 것은 다 사라진다. 수단, 교사, 텍스트들, 신전 등은 사라진다. 마음은 현재에 살아 숨 쉬며 현재의 시간으로 과거와 미래를 흡수한다. 모든 것은 마음에 의해 신성해진다. 모든 사물은 그 근원인 신성을 따라 중심으로 들어가 용해되고, 이 보편적 기적 속에서 사소하고 특수한 기적들은 다 사라진다.

그러니 누군가가 신에 대해 안다고 주장하면서 신에 대해 말하며 당신을 다른 나라, 다른 세상에 있는 어떤 곰팡내 나는 민족의 언어로 인도한다면 믿지 말라. 도토리가 그것의 완전한 실현이자 완성인 참나무보다 나을 수 있겠는가? 부모가 자신의 성숙한 존재를 모델로 삼아서 만든 자녀보다 나을 수 있겠는가?

그렇다면 왜 그리 과거를 숭배하는가? 과거의 시간은 영혼의 온전함과 권위에 반기를 든 음모꾼이다. 시간과 공간은 인간의 눈으로만 인식할 수 있는 생리적 색채일 뿐이다. 그러나 영혼은 빛이다. 그것이 있는 곳은 대낮이고, 그것이 없는 곳은 밤이다. 역사는 나의 존재being와 되어감 becoming에 대한 유쾌하고 교훈적인 이야기나 우화일 뿐이지 그 이상의 것으로 여기려 한다면 해악을 끼친다.

인간은 소심하게 변명이나 늘어놓는다. 그는 당당하지 않다. 그는 이제 "나는 이렇게 생각한다"거나, "나는 이렇다"라고 말하지 못하고 앵무새처럼 성인이나 현자의 말

을 인용만 한다. 그는 풀잎이나 피어나는 장미 앞에서 수
치스러워한다. 내 창문 밑에 핀 장미는 전에 핀 장미나 더
좋은 장미에 대해 말하지 않는다. 장미는 지금 그 모습 그
대로 존재한다. 장미는 오늘 신과 같이 있다. 장미에 시간
이란 없다. 그저 장미가 있을 뿐이다. 그것은 존재하는 매
순간 완벽하다. 장미는 잎눈이 트기 전부터 그 생기가 사
방으로 퍼진다. 꽃이 활짝 피었다고 해서 그 생기가 줄어
드는 것이 아니고, 잎이 없는 뿌리 상태라고 해서 그것이
사라지지도 않는다. 장미의 본성은 충족되고, 자연도 모
든 순간에 충족된다. 하지만 인간은 뒤로 미루거나 추억
한다. 그는 현재에 살지 않고, 눈을 뒤로 돌려 가버린 과거
를 한탄하거나 그를 둘러싸고 있는 풍부한 은총을 의식하
지 못하고 그저 까치발을 선 채 미래를 훔쳐보려 애쓴다.
그도 장미처럼 시간을 초월해서 자연과 함께 현재에 살지
않는 한 결코 행복하고 강해질 수 없다.

　이것은 아주 명백한 사실이다. 그러나 아무리 뛰어난
지식인도 다윗이나 예레미야나 바울 같은 사람의 말이 아
니면 감히 신이 하는 말을 듣지 않으려 한다. 몇몇 경전이
나 몇몇 사람의 인생을 항상 그렇게 높이 평가할 필요는

없다. 그러면 할머니나 교사의 말을 외워서 반복하는 아이와 다를 게 뭔가. 그런 아이들은 우연히 만난 재주 있고 인품이 좋은 사람들이 했던 말을 나이 들어서까지 기억하려 사력을 다한다. 그러나 그런 말을 한 사람의 시각에서 세상을 보게 되면 비로소 그 의미를 이해하고 집착을 놓는다. 기회가 생기면 언제든 그런 말을 할 수 있게 됐으니까.

진실한 삶을 살면 진실하게 세상을 볼 수 있다. 튼튼한 사람이 튼튼하게 행동하고, 힘없는 사람이 힘없이 행동한다. 인식이 새로워지면 마음속에 비축해놓은 보물에 대한 기억을 해묵은 쓰레기처럼 갖다버릴 수 있다. 인간이 신과 함께 살게 되면 그의 목소리는 냇물의 속삭임처럼, 이삭의 살랑거림처럼 달콤할 것이다.

이 주제에 관한 최고의 진실에 관해서는 아직 하지 않은 말이 남아 있다. 어쩌면 할 수 없는 말인지도 모른다. 우리가 할 수 있는 말이라곤 그저 직관에서 멀리 떨어져 있는 기억에 불과하기 때문이다. 그나마 가장 근접한 생각을 말해보자면 이렇다. 선善이 당신 가까이 있고 당신 안에 생명이 있다면, 그것은 기존에 알려져 있거나 익숙한 방식에서 나오지 않았다. 당신은 거기서 다른 사람의 발자취나 얼굴이나 이름을 찾아낼 수 없을 것이다. 그 방식, 그 생각, 그 선은 전적으로 낯설고 새롭다. 그런 전례도 경험도 없었다.

당신은 그 길을 누군가에게 받을 수 있으나 다른 사람들에게 전할 수는 없다. 이전에 존재했던 모든 사람은 한때 그 길을 갔지만 이제 모두 잊혔다. 그 길 밑에 공포와 희망이 똑같이 깔려 있다. 희망에도 다소 울적한 부분이 있다. 비전을 보는 시간에도 고마움이나 즐거움 같은 것은 없다. 열정을 초월한 영혼은 정체성과 영원한 인과관계를 바라보고, 진리와 정의가 스스로 존재하는 것을 인식하며, 모든 것이 잘될 것이라는 사실을 깨달으면서 편안해진다.

대서양이나 남태평양 같은 자연의 광대한 공간, 여러 해나 여러 세기같이 긴 시간은 중요하지 않다. 내가 생각하고 느끼는 이것이 현재가 그렇듯 삶과 우리가 처한 상황을 이루는 과거를 지탱해줬고, 소위 삶과 죽음의 토대가 됐다.

삶은 이미 살아버린 것이 아니라 바로 이 순간에 존

재한다. 휴식의 순간 힘은 정지한다. 힘은 과거의 상태에서 새로운 상태로 이동하는 순간, 심연을 뛰어넘는 순간, 목표를 향해 날아가는 순간에 존재한다. 영혼이 이렇게 힘을 얻어간다는 사실에 세상은 질색한다. 그것이 과거를 영원히 훼손하고, 모든 부를 파산시키고, 모든 명성을 수치스럽게 하고, 성인과 악당을 혼동하게 하고, 예수와 유다 둘 다 논외로 제쳐놓는다고 보기 때문이다. 그렇다면 우리는 왜 자기 신뢰에 관한 이야기를 늘어놓고 있는가? 영혼이 꿋꿋하게 서 있는 한, 자기 신뢰를 말로만 떠드는 게 아니라 실제 행동에 옮기기 때문이다. 신뢰에 대해 말하는 것은 그저 형식적인 말일 뿐이다. 그보다는 신뢰의 토대가 되는 이에 대해 말하는 것이 훨씬 더 효과적이다. 이 힘에 나보다 더 많이 복종하는 이가 나를 지배한다. 그분은 손 하나 까닥하지 않더라도 말이다. 나는 성령의 중력에 이끌려 그분 주위를 회전한다. 우리는 탁월한 미덕을 말할 때 하나의 수사에 지나지 않는다고 하지만, 미덕이 '높이'임을 아직 깨닫지 못해서 그런 것이다. 이 원리에 유연하게 대응해서 받아들이는 사람은 그러지 않는 모든 도시, 국가, 왕, 부자, 시인을 압도하고 지배한다.

이것이 다른 모든 주제와 마찬가지로 이 주제에 재빨리 도달할 수 있는 궁극적인 사실이다. 모든 사물은 영원히 축복받는 완전한 일체Oneness로 돌아간다. 스스로 존재하는 것이 '지고한 원인'의 속성이다. 이 완전한 일체가 낮은 형태의 사물 속에 어느 정도 스며들었는지에 따라 그 사물에서 발산되는 선이 어느 정도인지 측정할 수 있다. 모든 사물은 그 미덕을 얼마나 내포하고 있는지에 따라 그 존재가 결정된다. 상업, 농업, 사냥, 고래잡이, 전쟁, 웅변, 개인적 중요성은 그 존재 안에 불순한 행위가 공존하는 사례이며 나도 여기에 관심이 있다.

자연계에도 대화와 성장에 대해 같은 법칙이 작동한다. 힘은 자연계에서 옳음을 판가름하는 본질적 기준이다. 자연은 스스로 돕지 않는 존재는 자기 왕국 안에 머무르지 못하게 한다. 한 행성의 생성과 성장, 그 균형과 궤도, 강풍에 휘어졌다가 다시 본모습으로 돌아오는 나무, 모든 동식물의 생명력은 자족적인 영혼, 자기를 신뢰하는 영혼을 생생하게 보여주는 사례다.

이렇게 모든 것이 한곳으로 집중된다. 그러니 방랑하지 말고 대의를 지키며 집에 앉아 있어야 한다. 이런 신성한 사실을 간결하게 선언해서 우리에게 불쑥 쳐들어오는 사람, 책, 제도들을 피하고 놀라게 하라. 신이 여기 우리 내면에 있으니 침입자들은 신발을 벗고 들어오게 하라. 우리의 소박함으로 그들을 심판하고, 스스로 정한 법을 따름으로써 우리의 타고난 풍요로움을 제외한 자연과 운명의 빈곤함을 증명하라.

그러나 지금 우리는 어리석은 무리에 지나지 않는다. 우리는 인간이라는 존재를 경외하지 않는다. 집에 머무르며 내면에 있는 대양과 소통하라는 질책에 귀를 기울이는 대신, 밖에 나가 남의 항아리에서 물 한 잔 따라 달라고 구걸하는 셈이다. 우리는 혼자서 가야 한다. 나는 예배가 시작되기 전 교회의 고요함을 그 어떤 설교보다 좋아한다. 교회의 경내 혹은 성소에 둘러싸인 채 신자석에 앉아 있는 사람들은 얼마나 초연하고 차분하고 순수해 보이는가! 그러니 항상 앉아 있도록 하자. 우리의 친구, 아내, 아버지, 아이가 벽난로 주위에 앉아 있거나, 우리의 피를 나누었다고 해서 왜 우리가 그들의 잘못을 떠안아야 하는가? 인류에게도 내 피가 흐르고, 나에게는 모든 사람의 피가 흐른다. 그렇다고 해서 그들의 심술이나 어리석음을 따라 할 생각은 없고, 오히려 부끄럽게 여길 뿐이다.

그러나 당신의 고립이 습관적이어선 안 되고, 그보다는 마음을 고양하는 정신적인 것이 되어야 한다. 때때로 온 세상이 아주 사소한 일로 당신을 성가시게 하려고 공모한 것처럼 보인다. 친구, 고객, 아이, 질병, 공포, 결핍, 자선이 동시에 당신의 방문을 두드리며 말한다. "어서 나와 우리와 같이 있어요." 하지만 고독을 유지하라. 그들의 혼란 속으로 뛰어들지 말라. 사람들이 나를 괴롭힐 수 있는 이유는 내 나약한 호기심이 나의 의지를 이겼기 때문이다. 내 허락 없이는 누구도 내게 가까이 다가올 수 없다. "인간은 사랑하는 것을 손에 넣어도 욕망 때문에 그걸 잃는다."

복종과 믿음이라는 신성한 경지에 당장 오를 수 없다면 적어도 유혹에 저항하도록 하자. 전쟁을 개시해서 우리 색슨족의 가슴에 잠들어 있는 전투의 신 토르와 오딘을 깨우고, 용기와 충성심을 불러오자. 겉만 번지르르한 시대에 이렇게 하려면 진실만 말해야 한다. 이 시대의 거짓 환대와 거짓 애정을 저지하라. 서로 속고 속이며 우리와 대화하는 사람들의 기대에 따라가는 삶을 멈추라. 그들에게 이렇게 말하라.

"아버지, 어머니, 아내, 형제, 친구여. 나는 지금껏 겉 치레만 중시하면서 여러분과 함께 살아왔습니다. 하지만 지금부터는 오로지 진실하게 살겠습니다. 앞으로 나는 영 원한 법 이외의 법에는 따르지 않겠습니다. 내면의 법이 아니면 그 어떤 것과도 계약을 맺지 않겠습니다. 부모를 모시고 가족을 부양하고 아내에게 충실한 남편이 되겠습 니다. 그러나 새롭고 전례가 없는 방식으로 이런 관계들 을 유지할 것입니다. 나는 기존의 관습에 불복하겠습니다. 나는 나 자신이 돼야 합니다. 더는 여러분을 위해 나를 길 들이려 하지 않겠습니다. 여러분도 그래야 합니다. 여러분 이 있는 그대로의 나를 사랑할 수 있다면, 우리는 더욱 행 복할 겁니다. 여러분이 그럴 수 없다 해도, 나는 계속, 이 모습으로 사랑받을 수 있도록 노력하겠습니다. 내 취향이 나 반감을 감추지 않겠습니다. 내 마음이 성스럽다고 믿 기에, 그것이 기뻐하는 대로, 내 가슴이 시키는 대로 하겠 다고 해와 달 앞에서 맹세합니다. 당신이 고결하다면 당신 을 사랑하겠습니다. 그렇지 않다고 해도 가식적인 행동으 로 당신과 나에게 상처를 주지 않겠습니다. 당신이 진실하지만, 그 진실이 내가 믿는 진실과 다르다면 평소 같이 어울리는 친구들과 지내세요. 나는 내 친구를 찾겠습니다. 이기적이어서 그런 게 아니라, 겸손하고 진실하게 살기 위해 그러는 것입니다. 우리가 아무리 오랫동안 거짓되게 살아왔더라도, 진실하게 살아가는 것이 결국 우리 모두에게 이롭습니다. 이런 이야기가 너무 냉혹한가요? 하지만 당신도 곧 나처럼 당신의 본성에 따른 삶을 사랑하게 될 겁니다. 진실을 따르면 결국 안전해질 겁니다."

하지만 이런 식으로 말하면 친구들이 상처받을 수도 있다. 그러나 그들의 예민한 감수성을 보호하기 위해 나의 자유와 힘을 팔아넘길 수는 없다. 하지만 사람은 모두 이성을 갖게 되는 순간이 있으니, 그때 절대 진리의 영역을 들여다보면 내 말이 옳다는 걸 알고 나와 똑같이 행동할 것이다.

당신이 대중적인 기준을 거부하면 사람들은 당신이 모든 기준을 거부하고 도덕률 폐기론을 믿는다고 생각한다. 대담한 관능주의자는 그럴듯한 철학으로 자신의 범죄를 포장한다. 하지만 사람에게는 의식의 법칙이 남아 있다. 참회에는 두 가지 방식이 있는데, 어떤 방식으로든 고해해서 죄를 용서받아야 한다. 그런 의무는 직접적이거나 반사적인 방식으로 이행할 수 있다. 가령 아버지, 어머니, 사촌, 이웃, 고양이와 개, 이런 대상들과의 관계를 충족시켰는지 고려해보자. 그들 중 누군가가 당신을 비난하지는 않았는지 생각해보는 것이다. 하지만 또한 이런 반사적인 기준을 무시하고 스스로 내 죄를 사할 수도 있다. 나에게는 나만의 엄격한 주장과 완벽한 경계가 있다. 이 방식은 소위 의무라고 하는 것을 따르지 않는 것이다. 내가 세운 법칙의 조건들을 따를 수만 있다면 대중적 기준은 무시할 수 있다. 이런 법이 느슨하다고 생각하는 사람이 있다면, 하루만이라도 그 규칙을 지켜보라고 권하겠다.

인류 공통의 동기들을 버리고 자신을 주인으로 삼는 사람이라면 내면에 신과 같은 존재가 있어야 한다. 그런 사람의 마음은 아주 높고, 그의 의지는 흔들림이 없고, 눈은 아주 밝아서 스스로 교리, 사회, 법률이 될 수 있고, 그가 정한 단순한 목적은 다른 사람들이 반드시 따르는 철칙이 될 수도 있다!

소위 사회라는 것이 요즘 어떤지 생각해본다면, 이런 윤리가 필요한 걸 알게 될 것이다. 우리는 근육도 심장도 뺏겨버린 채 낙심해서 징징거리는 겁쟁이가 되어버렸다. 우리는 진리를 두려워하고, 운명을 두려워하고, 죽음을 두려워하고, 서로를 두려워한다. 우리 시대는 위대하고 완벽한 사람들을 배출하지 못한다. 우리의 삶과 사회를 획기적으로 혁신할 사람들은 턱없이 부족하다. 지금 우리의 자연은 대부분 파산 상태고, 우리에게 필요한 것조차 제대로 충족하지 못하고 있으며, 빈약한 실력에 비해 야망은 터무니없이 크고, 가난하게 살면서 밤낮으로 구걸한다. 우리의 살림살이는 구걸과 비슷하다. 우리의 예술, 직업, 결혼, 종교는 스스로 선택한 것이 아니라, 사회가 대신 선택한 것이다. 우리는 진정한 힘을 얻을 수 있는 운명과의 치열한 전투는 피한 채 집 안에서만 기운이 나는 병사와 같다.

젊은이들은 처음으로 시도한 일에서 실패하면 낙심한다. 젊은 상인이 사업에 실패하면 사람들은 망했다고 말한다. 만약 우수한 청년이 대학을 졸업하고 1년 안에 보스턴이나 뉴욕이나 다른 대도시에서 취직하지 못해, 낙담한 채 불평만 하면서 살아가도, 본인이나 친구들은 그걸 당연하게 여긴다. 반면에 뉴햄프셔나 버몬트 출신의 강건한 청년이 여러 직업을 거치며 운송업에 뛰어들고, 농사 짓고, 장사하고, 학교를 경영하고, 설교하고, 신문을 편집 하고, 의회에 진출하고, 땅을 사들이고, 그 후로도 모든 난 관을 뚫고 나아간다면 도시 인형 같은 백 명의 사람보다 훨씬 낫다. 그는 항상 시대와 발맞추어 걸어가며, '전문직 이 되는 공부'를 하지 않은 것에 전혀 부끄러움을 느끼지 않는다. 인생을 뒤로 미루지 않고, 이미 열심히 살고 있기 때문이다. 그에게는 한 번의 기회가 아니라 백 번의 기회 가 있다.

여기서 스토아 철학자를 초대해 인간의 능력을 펼쳐 보이게 하자. 인간은 남에게 의지하는 버드나무가 아니다. 인간은 타인과 분리될 수 있고, 또 그렇게 해야만 한다. 자 기 신뢰를 실천하면 새로운 힘이 생긴다. 그의 말씀이 육 신으로 현현했고,* 온 세상 사람을 치유하기 위해 태어났 다. 자기를 신뢰하며 행동하는 순간, 법률, 책, 우상숭배, 관습 따위는 창밖으로 버리게 된다. 우리는 이제 그런 사 람을 측은하게 여기지 않고 오히려 감사하고 존경하게 된

---

* 여기서의 '말씀'은 로고스를 말한다. 〈요한복음〉 1장 14절 참고.

다. 그 스승은 인간적인 삶을 멋지게 회복하고 이름을 역사에 남긴다.

그렇게 거대한 규모의 자기 신뢰는 인간의 일과 관계, 종교, 교육, 사업, 생활 방식, 유대, 재산, 이론적 견해에서 혁명을 일으킨다는 점을 쉽게 알 수 있다.

1. 사람들은 어떤 기도를 올리는가. 사람들이 거룩한 기도라고 부르는 것은 용감하지도 않고 남자답지도 않다. 우리의 기도는 외부를 바라보며, 자기와는 맞지도 않는 미덕을 통해 새로운 외부의 것이 추가되길 바란다. 그러다 자연과 초자연, 중재와 기적 사이의 끝없는 미로 속에서 기도는 사라져버린다. 특정한 물건을 달라고 비는 기도, 완전히 선하지 않은 기도는 부도덕하다.

기도는 가장 높은 관점에서 피할 수 없는 현실을 응시하는 일이다. 그것은 세상을 바라보며 기뻐하는 영혼의 독백이다. 그것은 자신이 한 일이라고 선언하는 성령의 일이다. 그러나 개인적 목적을 이루기 위해 올리는 기도는 비천한 도둑질과 같다. 그런 기도는 자연과 의식의 합일을 요구하지 않는다. 이것은 정신과 물질이 분리돼 있다는 이

원론이 밑바탕에 깔려 있다.

인간은 신과 하나가 되는 순간 구걸하지 않는다. 그는 자신이 올린 기도가 곧바로 실현되는 걸 목격한다. 잡초를 뽑아내려고 밭에 쪼그려 앉아 올리는 농부의 기도, 노를 젓기 위해 앉은 뱃사공의 기도, 이런 기도는 목적이 하찮긴 하지만, 자연을 통해 들려오는 진정한 기도이다. 플레처*의 희곡 〈본두카〉에 나오는 카라타크는 아우다테 신의 의중을 파악하라는 조언을 받고 이렇게 대답한다.

그분이 감춘 의미는 우리의 노력 속에 있지.
우리의 용기가 우리의 가장 좋은 신이야.

또 다른 부류의 틀린 기도는 후회다. 자기 신뢰가 부족할 때 불만이 생긴다. 의지가 부족해서 그렇다. 그렇게 해서 고통받는 사람을 도와줄 수만 있다면 불행을 유감스럽게 생각해도 된다. 다만 그게 아니라면 자기의 일을 열심히 하라. 그러면 악이 벌써 바로잡히기 시작한다. 우리

---

* 존 플레처. 셰익스피어와 동시대에 활동한 극작가.

의 동정도 후회만큼이나 비도덕적이다. 우리는 어리석게
우는 사람들을 찾아가 같이 주저앉아 운다. 하지만 그보
다는 다소 거칠고 충격적으로 느껴질지라도 그들에게 진
실과 건강을 나누어 줌으로써 그들이 이성을 되찾도록 해
야 한다.

행운의 비밀은 우리 손의 즐거움에 있다. 신과 인간
은 스스로 돕는 자를 환영한다. 그에게는 모든 문이 활짝
열리고, 모든 혀가 인사말을 늘어놓으며, 모든 영예가 수
여되고, 모든 눈이 갈망을 품고 그를 쫓는다. 그에게는 우
리의 애정이 필요 없는데도 그 애정이 그에게로 향하고
그를 껴안는다. 그가 자기 길을 고수하며 우리의 애정에
아랑곳하지 않기 때문에 우리는 간청하듯 그리고 변명하
듯 그를 쓰다듬고 축하한다. 인간이 그를 미워하기 때문
에 신들은 그를 사랑한다. 조로아스터*는 이렇게 말했다.
"인내하는 자에게 신들의 축복이 빨리 찾아온다."

사람들의 기도가 의지의 질병이듯, 그들의 신념은 정
신의 질병이다. 그들은 저 어리석은 이스라엘 사람들처럼

---

* 자라투스트라. 이란의 예언자이자 조로아스터교의 창시자.

말한다. "하나님이 직접 우리에게 말하시면 우리가 죽을지도 모르니 그러지 마십시오. 다른 이를 통해 말씀하시면 우리가 복종하겠나이다."* 내 형제 안에 있는 하나님을 만나기는 쉽지 않다. 그가 자신의 내면에 있는 성전의 문을 닫아버리고, 그저 형제의 하나님, 혹은 형제의 형제의 하나님에 관한 이야기만 암송하기 때문이다. 모든 새로운 마음이 새 분류법을 만든다. 영국의 철학자 로크, 프랑스의 화학자 라부아지에, 스코틀랜드의 지질학자 허턴, 영국의 철학자 벤담, 프랑스의 사회주의 철학자 푸리에처럼 비범한 행동력과 힘이 있는 사람들이 자기가 만든 분류법을 남에게도 적용하면 짜잔! 이렇게 새 체계가 나타난다. 자신이 펼친 사상의 깊이에 비례하여, 그 사상이 영향을 미치는 대상과 끌어들이는 문하생의 숫자에 비례하여, 그의 자기도취도 커진다. 이런 현상은 특히 종교적 신념과 교회에서 두드러지게 나타난다. 유력한 철학자들은 신과 인간의 관계나 종교적 의무라는 기본 개념에 적용되는 분류법을 만든다. 칼뱅주의, 퀘이커주의, 스베덴보리 사상 등이

---

* 〈출애굽기〉 20장 19절 참고.

그런 예다. 이런 사상을 배우는 문하생은 모든 것을 새 용어에 따라 분류하며 즐거워한다. 마치 식물학을 이제 막 배우기 시작한 소녀가 새 땅과 새 계절을 보며 느끼는 것과 같은 즐거움이다. 그런 즐거움은 한동안 지속되고, 그 문하생은 스승의 사상을 연구함으로써 자신의 지적인 성장을 알아차리게 된다. 그러나 정신적인 균형이 잡히지 않은 사람은 그런 분류를 과도하게 숭배하게 된다. 그러다 시간이 흐르면 그것을 사용 가능한 수단이 아니라, 목적 자체로 떠받들게 된다. 그래서 그의 눈에는 그 체계를 둘러싼 벽들이 멀리 떨어진 지평선에서 우주를 둘러싼 벽과 섞여 흐려지는 바람에 천체의 빛이 그들의 스승이 세운 아치만 비춘다. 그들은 다른 사람들도 그 빛을 볼 수 있다고 미처 생각하지 못한다. 당신이 어떻게 그 빛을 볼 수 있단 말인가. "당신이 분명 그 빛을 우리에게서 훔친 게 틀림없어." 추종자들은 그 빛—아무 체계가 없는 불굴의 빛—이 다른 오두막도 비추고 심지어 그들의 오두막도 비춘다는 사실을 모른다. 그 빛이 자기들만의 것이라고 그들이 멋대로 떠들게 놔두자. 그들이 정직하고 충실하게 연구한다면, 그들이 현재 갇혀 있는 깨끗하고 단정한 새 우리는 곧 좁고 낮아지는 데다, 금이 가고 기울어지면서 결국 썩어서 사라지게 될 것이다. 그리고 항상 젊고 즐거우며 백만 가지 형체와 색깔을 품은 저 불멸의 빛이, 천지창조의 첫 아침처럼 온 우주를 비출 것이다.

　2. 이탈리아, 영국, 이집트를 너무 숭배한 나머지 거기로 여행 가면 좋을 거라는 미신이 교양 있는 미국인들을 사로잡고 있다. 다 자기 수양이 부족해서 그런 것이다. 상상 속에서 영국, 이탈리아 혹은 그리스를 과도하게 존경한 나머지 그곳을 마치 지구의 축이나 되는 것처럼 생각해서 그런 현상이 생겼다. 우리는 그런 곳에 가는 것이 우리의 의무라고 느낀다. 영혼은 여행하지 않는다. 현명한 사람은 집을 떠나지 않는다. 때로 어쩔 수 없이 집 밖으로 나가거나 외국에 가더라도, 그의 영혼은 여전히 집에 머물러 있다. 그는 지혜와 덕을 전하는 사절로 해외에 나가고, 군주처럼 그런 도시나 사람들을 방문하는 것이지, 침입자나 시종으로 따라가는 것이 아님을 표정으로 드러낸다.
　나는 예술, 유학, 자선을 목적으로 해외 일주에 나서는 것을 무례하게 비난하는 것은 아니다. 여행자는 견문

랠프 월도 에머슨　　　　　　　　　　　　　　　　257

을 넓힐 수 있겠지만 자신이 이미 알고 있는 것보다 더 많은 것을 발견할 거라는 희망을 품고 여행을 떠나선 안 된다. 재미를 찾아서, 자신에게 없는 것을 찾아서 여행하는 사람은 자신에게서 도망치는 것이고, 오래된 유적들 사이에서 젊은이라도 금방 늙어버릴 것이다. 테베와 팔미라에서, 그의 의지와 마음은 그 오래된 도시들 못지않게 늙고 황폐해진다. 그는 폐허가 된 채 또 다른 폐허를 떠돈다.

여행은 바보들의 천국이다. 처음 여행을 떠나면 외국이라고 별다를 게 없는 사실을 알아차리게 된다. 집에 있을 때 나는 나폴리나 로마에 가면 그 아름다움에 취해 내 슬픔은 모두 잊으리라 생각했다. 나는 짐을 꾸리고, 친구들과 포옹하고, 항해를 시작했다가 마침내 나폴리에서 잠을 깼다. 그러나 내 옆에는 여전히 준엄한 현실이 자리 잡고 있었다. 내가 도망쳐 왔던, 미국에 있을 때와 똑같이 좀처럼 수그러들 줄 모르는 자아가 나를 따라온 것이다. 나는 바티칸과 궁전들을 찾아다니면서 그 장관과 설명에 매료된 척했지만, 실은 그렇지 않았다. 어딜 가든 나의 거인이 함께 있었다.

3. 여행 광풍은 지적 활동에 영향을 미치는, 심각한 불온함을 드러내는 징후다. 지성은 방랑하기 마련이지만, 우리의 교육제도는 산만함을 조성한다. 몸은 고향에 남으라는 강요를 받는데, 우리의 정신은 정처 없이 떠돈다. 우리는 모방한다. 정신의 여행이 모방이 아니고 무엇이겠는가? 우리의 집은 이국적인 취향에 맞춰 지어지고, 장식장은 외국의 장식품으로 꾸며진다. 우리의 의견, 취향, 능력이 풍부하지 못해서 '과거'와 '먼 것'을 우러러본다. 예술 활동이 꽃피우는 곳이라면 어디든 영혼은 예술을 창조한다. 예술가가 모델을 찾을 때는 언제나 자신의 마음속에서 찾는 법이다. 예술가는 해야 할 일과 관찰해야 할 조건에 제 생각을 적용한다. 왜 우리가 도리아 양식이나 고딕 양식을 모방해야 하는가? 아름다움, 편리함, 장엄한 생각과 독특한 표현은 우리 주변에도 얼마든지 있다. 만약 미국인 예술가가 기후, 토양, 낮의 길이, 국민의 요구, 정부의 습관과 형식 등을 꼼꼼하게 고려해서 희망과 사랑을 품고 열심히 연구한다면, 이 모든 것이 잘 들어맞고, 우리의 기호와 정서를 만족시키는 집을 지을 수 있다.

당신의 목소리를 내라. 절대 흉내 내지 마라. 평생에

걸쳐 쌓아온 역량을 통해 매 순간 자신의 재주를 드러내라. 빌려온 남의 재주는 금방 사라질 뿐 아니라 절반도 소화할 수 없다. 우리는 조물주가 우리에게 가르쳐준 것을 가장 잘할 수 있다. 본인이 그 재능을 드러내기 전까지는 아무도 당신이 뭘 할 수 있는지 모른다.

셰익스피어에게 극작법을 가르칠 사부가 어디 있을까? 프랭클린, 워싱턴, 베이컨, 뉴턴을 가르쳐줄 수 있는 스승은 어디 있을까? 위인은 모두 독특한 존재다. 스키피오의 정신은 스키피오가 아닌 다른 누구에게서도 빌려올 수 없다. 셰익스피어의 작품을 연구한다고 해서 셰익스피어 같은 사람이 또 나오지 않는다. 맡은 일을 성실히 하다 보면 어느 순간 바라지 못할 일이 없어지고, 한 번 시도해 보지 못할 일이 없어진다. 이 순간 당신은 페이디아스*의 거대한 끌, 이집트인들의 흙손, 모세나 단테의 펜에 견줄 수 있는 용감하고 위대한 발언을 할 수 있다. 그 무엇도 아닌 당신만 할 수 있는 발언 말이다. 하지만 영혼이 아무리 풍성하고 유려하며 천 개의 갈라진 혀를 가지고 있더

---

*고대 그리스의 조각가.

라도, 똑같은 말을 반복하게 되어 있지 않다. 다만 이런 거인들이 하는 말을 들을 수 있다면, 당신도 똑같은 음색으로 그들에게 대답할 수 있을 것이다. 귀와 혀는 자연이라는 같은 근원에서 나오는 두 개의 다른 기관이기 때문이다. 소박하고 고결하게 살아가면서, 가슴이 하는 말을 따르라. 그러면 세계 이전의 세계를 다시 만들어낼 수 있을 것이다.

4. 우리의 종교, 교육, 예술이 밖을 바라보는 것처럼, 우리의 사회정신도 외부로 향해 있다. 모두 사회가 발전했다고 우쭐대지만, 정작 사람은 발전하지 않았다. 사회의 진보란 없다. 한쪽에서 전진하는 즉시 다른 한쪽에서 바로 후퇴한다. 사회는 끝없이 변하면서 미개한 사회가 문명사회가 되고, 부유해지고, 기독교와 과학을 받아들인다. 하지만 이런 변화는 발전이 아니다. 하나를 내주면 다른 것을 잃는 법이다. 새 기술을 쟁취한 사회는 오래된 본능을 잃어버린다. [……] 문명인은 마차를 만들어낸 후로 걸어 다니지 않게 됐다. 목발에 의지하면서 근육의 힘을 잃어버렸다. 그는 세련된 제네바 시계를 손목에 차고 있지만 해를

보며 시간을 가늠하는 능력은 상실했다. 그리니치 천문대 항해력이 있어서 언제든 관련 정보를 손에 넣을 수 있지만, 거리에 나온 사람들은 밤하늘의 별을 읽지 못한다. 그는 춘분이 온지도 모르고, 추분이 뭔지도 모른다. 하늘에는 1년 내내 밝게 빛나는 달력인 해가 떠 있지만, 마음속에는 그걸 읽을 눈금판이 없다. 노트 때문에 그의 기억이 흐려진다. 서재가 주는 부담에 타고난 재치가 주눅이 든다. 보험회사가 있어서 오히려 사고 건수가 올라간다. 이쯤 되면 기계가 우리의 삶에 지장을 주는 것 아닌가 하는 의문이 제기될 만하다. 우리의 문명이 세련되어지는 동안 오히려 우리는 어떤 에너지를 잃어버린 게 아닐까? 기독교가 확고한 체제로 자리 잡는 바람에 야성적인 활기가 사라진 건 아닐까? 옛날에는 스토아 철학자라고 하면 모두 스토아 철학자였다. 그러나 기독교 세상이라는데 기독교 신자는 대체 어디에 있는가?

높이나 규모의 기준이 변하지 않듯 도덕적 기준도 변하지 않는다. 과거의 위인들보다 더 위대한 사람은 나오지 않았다. 고대의 위인과 현대의 위인 사이에는 아주 독특한 공통점이 있다. 19세기의 과학, 예술, 종교, 철학을 모두 동원해도 플루타르코스가 묘사한 영웅들보다 더 위대한 인물을 양성하지 못한다. 인류란 종은 시간이 흐른다고 해서 발전하지 않는다. 포키온,* 소크라테스, 아낙사고라스,** 디오게네스는 모두 위대하지만, 그들과 같은 급의 천재는 남기지 않았다. 진정 그들과 동급인 사람은 그들의 이름이 아닌 자신의 이름으로 불릴 것이며, 한 분야를 일으키는 창시자가 될 것이다.

각 시대가 낳은 예술품과 발명품은 그 시대에 걸맞은 의상일 뿐 사람들을 고무시키진 못한다. 기계를 개량해 생긴 이익도 그로 인해 입은 피해를 벌충할 뿐이다. 모험가인 허드슨과 베링은 어선을 타고 수많은 업적을 이뤄내 후배 탐험가 페리와 프랭클린을 경악시켰다. 하지만 그 후배들이 장만한 장비가 과학과 예술의 자원을 고갈시켰다. 갈릴레오는 작은 쌍안경 하나를 가지고 그 후에 나온 후배 천문학자들보다 근사한 천체들을 더 많이 발견했다. 콜럼버스는 갑판도 없는 배로 신세계를 발견했다. 몇년 혹은 몇 세기 전에 요란한 찬사를 받으며 도입한 수단

---

* 고대 아테네의 정치인이자 군인. 플루타르코스의 《영웅전》에 등장한다.
** 고대 그리스의 철학자. 아테네에 이오니아 철학을 최초로 전했다.

과 기계들이 계속 폐기되거나 아예 사라지는 모습을 보고 있노라면 기분이 묘하다. 위대한 천재성은 기본에 충실한 인간에게 돌아온다. 우리는 과학이 발전하면서 전쟁 기술도 향상되었다고 생각한다. 그러나 나폴레옹은 방해되는 것을 다 떨쳐버리고 용기와 야영만으로 유럽을 정복했다. "나폴레옹 황제는 무기, 탄약, 보급창, 마차 따위는 모두 버리고, 로마의 관습을 모방해 병사들이 배급받은 옥수수를 직접 작은 맷돌에 갈아 빵을 구워 먹지 않는 한 완벽한 군대를 만드는 것은 불가능하다고 생각했다." 프랑스 역사가인 라스 카즈의 말이다.

사회는 파도와 같다. 파도는 앞으로 나아가지만, 파도를 만들어내는 물은 그렇지 않다. 먼지 입자들이 계곡에서 산봉우리로 변하지 않은 채 계속 올라가는 게 아니다. 먼지구름이 이는 순간은 찰나일 뿐이다. 오늘 한 국가를 이루는 국민은 다음 해에 세상을 떠나고, 그렇게 그들의 경험도 사라진다.

재산을 보호해주는 정부에 대한 의존을 포함해 자신의 재산에 의지하는 모습은 자기 신뢰가 부족하다는 뜻이다. 인간은 너무 오랫동안 자신을 외면하고 물질만 바라보면서, 종교, 학문, 민간 기관을 재산의 수호자로 존경해왔다. 그래서 이런 기관에 대한 공격을 격렬하게 비난한다. 그런 공격을 곧 자신의 재산에 대한 공격으로 보기 때문이다. 사람들은 서로를 됨됨이가 아닌 재산으로 평가한다. 하지만 교양 있는 사람은 자신의 본성을 새롭게 존중하게 되면서 재산을 부끄럽게 여겼다. 특히 그것이 우연히 생겼을 때, 예를 들어 상속받았거나, 증여받았거나 범죄로 생긴 것임을 알았을 때 그걸 미워했다. 그래서 그런 재산은 거부한다. 그것은 자기 것이 아니고, 자기가 번 것도 아니고, 그저 혁명이 일어나거나 강도가 와서 뺏어가지 않아서 남아 있을 뿐이라고 생각한다. 그러나 사람됨은 자연스럽게 생긴 것이니, 이것이야말로 살아 있는 자산이다. 이것은 통치자, 군중, 혁명, 화재, 폭풍우, 파산과 아무 상관 없으며, 살아 있는 한 끝없이 새로워진다. "그대의 운명 혹은 목숨이 그대를 쫓고 있다. 그러니 그것은 그만 쫓고 편히 쉬어라." 칼리파 알리가 한 말이다. 이렇게 외부에 대한 의존 때문에 숫자도 맹목적으로 숭배한다. 정당들은 전당대회를 수도 없이 개최한다. 대회 규모가 클수록, 사람들의 목소리가 클수록("웨섹스 대표단이요!"뉴햄프셔 민주당원이요!""메인주의 휘그당원이요!") 젊은 애국자는 모여든 수많은 사람 덕분에 자신이 전보다 더 강해졌다고 생각한다. 같은 방식으로 개혁가들도 대회를 열고 투표하고 다수결로 결정한다. 하지만 사실은 그렇지 않다, 친구들이여! 신은 그와 정반대되는 방식으로 당신 안에 들어와 머문다. 외부의 지원은 다 마다하고 홀로 서는 사람만이 강해져서 승리한다. 그의 기치 아래 들어오는 추종자가 늘어날수록, 그는 점점 더 약해진다. 마을에 모여 살기보다 혼자 사는 것이 낫지 않은가? 사람들에게 아무것도 요구하지 말라. 끝없는 변화 속에서 홀로 우뚝 선 당신은 단단한 기둥이 되어 당신을 둘러싼 모두를 지켜줄 것이다.

힘이 내면에서 나오는 걸 아는 사람, 자기 밖이나 다른 곳에서 선을 찾는 이는 나약하다는 점을 아는 사람. 그래서 서슴없이 자기 생각으로 뛰어들어 즉시 자신을 바로잡고 우뚝 서서 자신의 사지를 마음대로 움직이는 사람이 기적을 일으킨다. 물구나무서는 사람보다 두 발로 서 있는 사람이 더 강하듯 말이다.

그러니 운명이라고 하는 것을 모두 활용하라. 사람들

은 대부분 운명의 수레바퀴가 돌아가는 동안, 운명과 도박하느라 손에 넣었던 것을 다 잃는다. 그러니 이런 식의 승리는 다 불법으로 여기고 그 자리를 떠나라. 신의 대리인인 원인과 결과를 감당하라. 굳센 의지로 노력해서 승리해 운명의 수레바퀴에 사슬을 감아 멈춰 세워서 돌아가는 바퀴에 대한 두려움에서 벗어나 쉬어라. 정치적 승리, 임대료 상승, 질병 쾌유, 돌아온 우정, 그것 말고도 기쁜 일이 생겨서 기분이 좋아지고 앞으로 좋은 날이 기다리고 있을 거라고 생각할 수도 있다. 하지만 너무 믿진 마라. 마음의 평화를 가져다주는 것은 나 자신밖에 없다. 이 원칙을 정복하지 못하면 마음의 평화는 절대 오지 않는다.

군중 속에서
자신을 잃어버리지 않기를

새뮤얼 존슨

〈바람직하지 않은 고독〉

Samuel Johnson

새뮤얼 존슨 1709–1784

영국의 시인, 평론가. 영국 최초의 근대적인 영어 사전을 만들어 영문학 발전에 크게 기여했다. 서적상의 아들로 태어나 펨부르크 대학에 입학했으나 가난으로 인해 중퇴했다. 존슨이 편찬한 영어 사전은 9년 동안 혼자 힘으로 이뤄낸 결과물로 1755년 출간됐다. 이 사전은 현재까지도 영국에서 표준 사전으로 쓰인다. 존슨의 친구인 전기작가 제임스 보즈웰이 쓴 《존슨전》(1791)은 전기문학의 걸작으로 평가받는다. 존슨은 위대한 문학평론가이자 여행작가이며 무수한 글을 남긴 저널리스트이기도 했다. 풍자적 산문집 《라셀라스》(1759), 영국 시인 52명의 작품론을 담은 《영국 시인전》(1779-1781) 등을 펴냈다. 〈바람직하지 않은 고독〉(1754)은 그의 장기인 유창한 화술과 철저한 논증의 기술을 유감없이 보여준, 그야말로 존슨다운 글이다. 그는 이 글에서 다른 작가들과 달리 지나친 고독은 좋지 않다고 반박하며, 인간은 사회 속에서 협력할 때 가장 큰 성과를 거둘 수 있다고 역설했다.

바람직하지 않은 고독

세상 사람들은 언제나 사색에 빠지길 좋아하며, 은둔의 기쁨에 대해 떠들곤 한다. 또한, 시대를 막론하고 대단히 유쾌한 작품 중에 전원생활의 평화로움과 행복을 묘사한 것도 많다.

탁월하거나 바람직한 것을 얻으려면 사람들 곁을 떠나야 한다느니, 우리가 서로에게서 얻을 수 있는 도움은 두려워해야 할 해악에 비하면 사소하다느니, 소수의 친절도 다수의 악의를 당하지 못한다느니, 사회의 보호는 그것의 위험을 마주하고 압제를 감수함으로써 아주 비싸게 사는 것이라는 주장으로 입이 닳도록 열성적으로 고독을 찬양하는 사람들이 인류의 가치를 얼마나 폄하하고 있는가를 과연 알기는 하는지 모르겠다.

인간 본성을 아무리 모욕하더라도, 고독한 행복에 대해 이렇게 허울만 그럴듯한 묘사들이 너무 멀리까지 세상에 영향력을 떨치고 있어서, 거의 모든 이가 언젠가는 은둔할 기회를 얻게 되기만을 바라며 즐거운 상상을 한다. 실제로 상상 속에서 은둔을 즐기고, 내년이면 전원의 고요 속에 잠기게 되리라 믿고 만족하며, 더 오래 살더라도 결국엔 못 했을 일을 하겠다는 말만 하다가 죽음을 맞는 사람들이 많다. 그러나 더 결단력이 있거나 남의 말을 무턱대고 믿은 나머지, 진지하게 근심과 위험으로부터 안전해질 수 있다고 배운 그 상태에 이르고 싶어 하는 이들도 그 못지않게 많다. 홀로 은거하여 더 나은 행복을 얻거나, 지식을 늘리거나, 덕성을 드높이겠다는 것이다.

다른 부류와 마찬가지로, 고독의 찬미자들 대다수는 자신의 열정에서 일시적인 만족을 얻을 뿐 그보다 더 높이, 더 멀리까지 보지는 못한다. 그중에서 일부 거만하고 성급한 자들은 남들의 관심을 요구하면서 정작 자신은 그러고 싶지 않다는 이유로 사회를 떠나버린다. 바람직한 삶이 어떤 것인지 생각해보지도 않고, 비판이나 통제가 도달하지 못하는 곳으로 가서 다른 사람의 편의나 의견에 맞출 필요 없이 언제까지나 자기 마음대로 살 기회를 얻으려 한다.

그런가 하면 더 섬세하고 부드러운 정신의 소유자로, 청렴에서 조금만 벗어나도 쉽게 불쾌해지고, 무지나 무례함에 혐오를 느끼며, 항상 수많은 이들과 어울려 살아가는 생활에서 쉽게 구할 수 있는 것보다 더 우아하고 순수하며 진실한 사람들과 대화하게 되기를 고대하는 이들이 있다. 이런 사람들은 천박함, 거짓, 잔인함으로부터 서둘러 벗어나 혼자 지내면서, 소극적인 행복이라도 찾고 대중의 모습에 끝없이 시달리며 받는 충격과 동요를 피하기를 바란다.

이러한 숭배자 중 어느 쪽에게도 고독이 약속한 만족감을 넘치도록 주지는 못할 것이다. 오만한 자는 반대하는 이를 벗어남으로써 아첨하는 이도 잃는다. 위대함은 보아주는 이가 없는 곳에서는 아무 소용도 없고, 권력은 휘두를 상대가 없는 곳에서는 아무것도 아님을 곧 알게 될 것이다. 그리고 결점과 결함을 지나치게 샅샅이 살펴보는 데 힘쓰는 사람은 남들에게서 자신으로 주의를 돌린다고 해서 자신의 상태가 나아지지 않음을 알게 될 것이다. 아마도 곧 새로운 대상을 찾아 돌아와 자신만 아니라면 누구든 기쁜 마음으로 흠을 잡아낼 것이다.

단지 위대한 인물들의 권위에 끌려 고독을 택하라는 유혹에 넘어가, 정치인과 정복자 들을 그늘 속으로 유인했던 평온함에서 그러한 매력을 발견하게 되리라 기대하는 사람들도 있다. 이런 사람들 역시 크게 실망하기 쉽다. 자신이 모방하고자 하는 사람들은 시골 별장으로 가면서 마음속 깊이 생각해볼 주제들, 위대한 공적에 대한 자각, 걸출하게 행동한 기억, 중요한 사건들에 대한 지식, 미래의 명상으로 숙성될 웅장한 계획의 씨앗을 가득 품고 갔다는 사실을 미처 떠올리지 못했기 때문이다. 고독은 이런 인물들에게는 피로에서 해방되고 유익한 일을 할 기회였다. 그러나 자신을 중요한 인물로 여길 만한 일은 한 번도 한 적이 없는 사람, 과거를 돌아보는 데에서 어떤 즐거움도 찾을 수 없는 사람, 미래의 전망에서 어떤 희망도 가질 수 없는 사람에게 은거가 무엇을 줄 수 있겠는가? 군중 속에서 자신을 잃어버리고 그날의 소식으로 마음의 공허를 채우는 것보다 나을 것이 없을 것이다.

또 어떤 이들은 고독을 철학의 부모로 여기고, 누마*

가 아내인 에게리아와 상의하고 숲으로 갔듯이 학문을 더 가까이할 수 있으리라는 기대를 품고 은거하기도 한다. 이런 사람들이 늘 후회하게 되는 건 아니다. 연구란 한 가지 생각을 꾸준히 좇아야 하는데 일상의 소소한 일들이 자꾸 방해하기도 하고, 다양한 대상이 한꺼번에 머리에 떠오르기도 한다. 그러니 기억을 어지럽히거나 주의를 흩뜨릴 수 있는 모든 것과 거리를 둘 필요가 있다.

하지만 고독 덕분에 배움을 얻을 수 있다 해도 이를 적용하려면 여러 사람과 대화해야 한다. 가르칠 수 없다면 배움도 아무 쓸모가 없다. 적절한 말씨와 화법으로 자신의 감정을 듣기 좋게 전달할 수 없다면 제대로 가르칠 수 없을 것이다.

지식의 습득조차 사회가 제공하는 이점이 있어야 가능한 경우가 아주 많다. 자기 생각을 다른 사람들의 것과 비교하지 않는 사람은 자신이 처음 갖게 된 생각을 그대로 받아들인 채 그에 대해 나올 수 있는 반대 의견은 잘 보지 못한다. 그래서 오래전에 세상에 널리 알려진 오류

---

* 누마 폼필리우스 마르키우스. 제2대 로마 국왕.

를 소중히 품은 채 자기 생각이 진리라고 여기게 된다. 연구하면서 동료나 경쟁자가 없는 사람은 다른 이들이 이미 자신에 필적하거나 능가했음을 알지 못하기 때문에 자신의 진보를 늘 자화자찬하고 자신의 성과를 높이 평가한다. 유감이지만 이 말을 덧붙이지 않을 수 없는데, 세상에서 물러난 학생은 칭찬이나 경쟁이 없으니 금세 열정이 사그라들어 열심히 공부하느니 혼자 있는 김에 잠이나 자게 된다.

그 외에 또 다른 은둔자 무리가 있는데, 이들의 뜻은 더 존경받아 마땅하며, 이들의 동기는 더 진지하게 고려할 만하다. 이들은 편히 지내거나 호기심을 충족시키기 위해서만이 아니라 일상에서 벗어나 종교의 의무에 더 많은 시간을 쓰기 위해 세상에서 물러난다. 더 엄격히 자신을 경계하며 자신의 행동을 살피고, 더 자주 명상함으로써 생각을 정화하려는 것이다.

이렇게 필멸의 안개 위로 부상한 이들에게 내가 감히 이래라저래라 할 자격이 있다고 생각하지 않는다. 결국 '영원한 것을 잃지 않는' 것 이외에는 아무것도 관심이 없고 '속세를 초월한' 듯한 이들이라면, 나도 세세히 뜯어보지 않고 품행 전반을 인정해줄 수 있을 만큼 경외심을 갖고 본다. 악덕이 나날이 유혹을 더해가면서 더 뻔뻔하게 다가오기는 하지만, 미덕 또한 자신을 내보임으로써 영향력을 발휘하며 공개적이고 의연한 인내로 타고난 품위를 내세운다는 점만큼은 말하고 넘어가야겠다. 사막에 핀 꽃처럼 고독 속에서 실천되는 독실함은 천상의 바람에 향기를 더해주고 신의 작품과 인간의 행동을 살피는 육체 없는 영들을 기쁘게 해줄 수 있을지 모른다. 하지만 지상의 존재들에게는 어떤 도움도 되지 못하며, 아무리 불순함으로 오염되지 않았다 할지라도 선행의 신성한 영광 또한 부족하다.

우리에게 다양한 성질과 서로 다른 힘을 주신 우리 조물주께서는 우리가 모두 행복하도록 우리를 만드셨으며, 각자 다른 수단으로 행복을 얻도록 의도하셨음이 분명하다. 어떤 이들은 눈앞에 있는 유혹의 힘에 흔들리는 자신의 성급한 열정에 저항하지 못한다. 이런 이들에게는 당연히 다스릴 수 없는 적을 피하고, 공적 삶의 폭풍을 견뎌내기에는 너무 나약한 미덕을 고독의 차분함 속에서 함양하는 것이 의무이다. 그러나 홀로 있으면 열정이 더 강해지고 무분별해지는 사람들도 있다. 이런 사람들은 대중의 눈앞에 자신의 태도를 드러내고, 오명을 얻을지 모른다고 양심이 경고하도록 돕지 않으면 미덕의 방향을 한결같이 유지할 수가 없다. 이런 사람들은 미덕의 습관을 굳건히 하고 자주 승리를 거두어 열정을 누그러뜨리기 전까지는 품행을 목격할 이들을 전부 없애버리면 위험하다. 그러나 열심히 해보겠다는 마음이 가득한 데다 의지가 굳어서, 눈앞의 세상이 영향력을 발휘하거나 관심을 끌지 못하는 더 수준 높은 사람들도 있다. 이런 사람들은 자신이 인류의 수호자로 임명되었다고 봐야 한다. 그들은 악한 세상에 있으면서 선한 삶의 공적인 모범을 보인다. 이런 이들이 고독 속으로 물러가면 신의 섭리가 그들에게 부여한 소명을 저버리는 일이 될 것이다.

옮긴이 후기

번역은 외로운 일이다. 물리적으로나 추상적으로나 그렇다. 출판사에서 의뢰한 원고를 책상 위에 올려두고, 원고와 컴퓨터 모니터를 번갈아 보며 타자를 치기 시작하는 순간, 번역가는 혼자서 오롯이 그 일의 무게를 감당해야 한다. 단어 하나하나, 문장 하나하나를 옮기는 동안 영어와 국어 사이를 오가며 일대일 대응어를 찾기 위해 홀로 골몰한다.

물론 원작의 작가가 살아 있고, 운 좋게 그의 연락처를 알아내 가끔 풀리지 않는 문장의 의미나 맥락을 물어볼 기회를 얻기도 하지만, 그런 행운을 누리는 경우는 극소수다. 어려운 문장을 놓고 고심하다 식견이 뛰어난 원어

민을 찾아가 의견을 구하기도 하지만, 그렇게 힘들게 해결한다 해도 우리말로 다시 정리해서 표현하는 것은 결국 번역가의 몫. 그렇게 한 권의 책을 짧게는 두어 달, 길게는 한두 계절에 걸쳐 번역하다 보면 한 해가 훌쩍 흘러가고, 그러다 인생이 흘러간다.

비단 번역만 외로운 일일까? 온종일 산처럼 쌓인 택배 물건들을 배달하는 택배 기사들은 하루에 몇 마디나 사람들과 대화를 나누며 일할까. 먹고사느라 바쁜 자식들의 오지 않는 전화를 기다리는 부모들, 식구들을 일터와 학교에 보내고 난 뒤 라디오를 들으며 뒤늦은 아침을 먹는 주부들, 식당에서 핸드폰을 보며 혼자 밥 먹는 직장인들. 세상에 외로움은 차고 넘친다.

이상도 하다. 인터넷으로 국가를 넘어 전 세계가 틈없이 촘촘하게 연결된 세상에서 외로움을 느끼는 인간이라는 존재는 얼마나 이상한가. 외로움의 치료제는 고독이라는 시인 메리언 무어의 말은 더 기이하다. 외로움과 고독의 차이란 무엇인가. 둘 다 혼자 있을 때 느끼는 감정 아닐까. 그저 좀 있어 보이는 단어와 평범해 보이는 단어의 차이일까.

이런 생각 끝에 얼마 전에 들은 한 친구의 말이 문득 떠올랐다. 바쁘지 않을 때 차나 한잔 마시자는 말에 요즘 계속 강의와 약속이 있어서 몇 주 뒤에나 보자고 했더니 친구에게서 이런 답이 왔다. "그래, 우리에겐 혼자 있을 시간이 필요하지."

그 순간 외로움과 고독의 차이가 뭔지 알 것도 같았다. 혼자 있어야 할 시간, 나만의 생각을 정리하고 사람들을 만나느라 써버린 에너지를 회복할 시간, 내면에서 끌어낸 창의적인 아이디어들과 영감을 이용해 나의 세계를 쌓아갈, 그로서 나라는 사람을 다시 만들어낼 공간과 시간. 그것이 바로 고독일지도. 이 책은 그 고독이라는 공간과 시간을 만들고, 음미해서, 자신의 인생을 단단하게 가꾸었던 사람들이 쓴 글을 모은 것이다.

이 책을 번역하면서 다양한 시대를 살아간 다양한 사람들이 남긴 고독에 대한 글을 만날 수 있었다. "호수가 외롭듯 나도 외롭지 않다"고 한 소로의 글은 고독을 살아 숨 쉬다 못해 아름다운 생명체처럼 묘사했다. 이런 고독이라면 그야말로 고이 모셔다 우리 집의 가장 좋은 곳에 소중하게 보존하고 싶을 만큼 근사한 글이었다. 그런가 하면 버지니아 울프는 단정하고 또박또박한 목소리로 여성도 고독이란 사치를 누릴 수 있는 여유가 있어야 한다고 역설한다. 그러는 데 필요한 조건으로 돈과 자기만의 방이 있어야 한다는 그의 말은 현재에도 뼈아프게 통용되는 진실이다.

한편 소설 〈군중 속의 사람〉에서 에드거 앨런 포는 한시라도 군중 속에 있지 않으면 번개처럼 쳐들어오는 외로움을 이기지 못하는 사람의 모습을 처절하게 묘사해 번역하는 내내 소름이 오싹오싹 돋았다. 외로움의 무게를 견뎌내지 못할 때 인간은 어떻게 무너지게 될까. 다시금 생각해볼 만하다. 한편, 이 앤솔러지에서 가장 흥미로웠던 글은 메리 E. 윌킨스 프리먼이 쓴 〈뉴잉글랜드 수녀〉이다. 독신의 평화롭고 우아한 삶을 이보다 더 황홀하게 묘사한 글을 나는 보지 못했다.

다른 작가들이 고독의 추상적인 의미를 논할 때 앨리스 메이넬은 고독을 확보할 수 있는 공간에 대한 탐색과 더불어 고독을 누릴 공간을 박탈당한 사람들에 조명을 비추고 있다. 지극히 독창적이면서 시의적절한 글에 깊이 공감했다. 옆방 사는 사람의 숨소리까지 들릴 것 같은 고시원에서 고독을 누릴 수 있겠는가. 그런 현실에 비하면 외딴 섬에서 고독한 산책자의 몽상을 꿈꾸는 루소의 글은 지나치게 낭만적이라고 느낄 수도 있겠다. 그러나 그 글에서 우리는 명상 속에서 고독의 진수를 맛보는 법을 배울 수 있다.

그런가 하면 엘리자베스 케이디 스탠턴의 글 〈자아의 고독〉은 여성이 남성의 도움 없이 스스로 생을 헤쳐나가야 할 때 교육이란 무기를 갖춰야 함을 절절하게 역설하고 있다. 그렇다, 남에게 의지하지 않는 삶을 영위하려면 무엇보다 정신적, 육체적, 재정적 독립이 우선일 수밖에 없다. 랠프 월도 에머슨의 〈자기 신뢰〉는 투명하고 단단한 고독을 추구하기 위해 먼저 정신적인 심지가 바로 서야 한다는 점을 지극히 논리적이면서도 지적으로 논하고 있다. 지나친 고독을 경계할 것을 당부하는 새뮤얼 존슨의 〈바람직하지 않은 고독〉 역시 마찬가지다.

이 열세 편의 글을 읽고 옮기며 외로움과 고독에 대해 다시 생각해보게 됐다. 그러면서 자문했다. 나는 외로운가. 나는 고독한가. 그리고 마지막으로 다시 물었다. 나는 '충분히' 고독한가. 이 질문에 대해, 나를 비롯한 현대인은 충분히 외롭게 살아가지만 충분히 고독하지는 않다는 답이 나왔다. 무슨 말인지 알 수 없다고? 그렇다면 이 특별한 앤솔러지에서 자기만의 답을 찾아보시기를.

2022년 10월

박산호

이 책에 실린 글

- **미셸 드 몽테뉴** 〈고독에 대하여〉, 《에세》, 1588.

- **르네 데카르트** 〈의심할 수 있는 것들에 관하여〉 부분, 《제1 철학에 관한 성찰》, 1641.

- **알렉산더 포프** 〈고독의 노래〉, 1700.

- **새뮤얼 존슨** 〈바람직하지 않은 고독〉, 1754.

- **장 자크 루소** 〈다섯 번째 산책〉, 《고독한 산책자의 몽상》, 1782.

- **랠프 월도 에머슨** 〈자기 신뢰〉, 《제1 에세이》, 1841.

- **에드거 앨런 포** 〈군중 속의 사람〉, 1840.

- **엘리자베스 케이디 스탠턴** 〈자아의 고독〉, 1892.

- **헨리 데이비드 소로** 〈고독〉, 《월든》, 1854.

- **에밀리 디킨슨** 〈고독의 공간이 있다〉.

- **앨리스 메이넬** 〈고독〉, 《장소의 정신과 그 밖의 에세이》, 1899.

- **메리 E. 윌킨스 프리먼** 〈뉴잉글랜드 수녀〉, 1891.

- **버지니아 울프** 《자기만의 방》 부분, 1929.

—— **미셸 드 몽테뉴** 프랑스의 철학자이자 사상가, 수필가. 부유한 가문에서 태어나 일찍부터 인문주의 교육을 받았고 스물네 살에 법관이 되었다. '요새'라고 부른 자기 소유의 성에서 은거하며 에세이의 기원이 된 작품《에세》를 썼다.

—— **르네 데카르트** 프랑스의 철학자, 수학자, 과학자. 근대 철학의 토대를 세웠으며, 근대 과학의 출발점이 된 17세기 과학혁명의 기본 구조를 만들었다.《방법서설》《제1 철학에 관한 성찰》등의 철학서를 남겼다.

—— **알렉산더 포프** 영국의 시인. 정식 교육을 받지 못했으나 독학으로 여러 언어와 지식을 익혔다. 스물한 살에 첫 시집인《전원시》를 발표한 후,《비평론》《윈저 숲》등을 펴내며 신고전주의 정신을 구현한 명쾌한 문장과 통렬한 풍자로 찬사를 받았다.

—— **새뮤얼 존슨** 영국의 시인, 평론가. 18세기 영국 지성을 대표하는 문인으로 손꼽힌다. 영국 최초의 근대적인 영어 사전을 편찬해 영문학 발전에 크게 기여했으며, 풍자적 산문집《라셀라스》, 영국 시인 52명의 작품론을 담은《영국 시인전》등을 펴냈다.

—— **장 자크 루소** 스위스 출신의 프랑스 철학자, 소설가, 교육학자, 음악가. 민주주의의 이론적 토대를 마련했고, 프랑스 대혁명에 직접적 영향을 끼쳤다. 연애소설《신 엘로이즈》, 근대적 교육론인《에밀》, 자서전의 시작을 알린《고백록》, 유작인《고독한 산책자의 몽상》등을 썼다.

—— **랠프 월도 에머슨** 미국의 시인이자 수필가. 하버드 대학교에서 신학을 공부하고 목사가 되었으나 사임 후 저술과 강연 활동을 펼쳤다. 미국을 대표하는 지성인이자 사회 비평가로서 명성을 누렸다. 대표 저서로《자연》《제1 에세이》《제2 에세이》등이 있다.

—— **에드거 앨런 포** 미국의 작가, 편집자, 평론가. 환상적이고 기묘한 작품들로 단편소설의 선구자이자 시대를 앞서 나간 천재로 평가받는다. 〈모르그가의 살인〉, 〈검은 고양이〉 등 다수의 유명 단편을 비롯해《낸터킷의 아서 고든 핌 이야기》《기괴하고 기이한 이야기들》등을 썼다.

—— **엘리자베스 케이디 스탠턴** 미국의 사회운동가. 노예제도 폐지를 주장하며 활동가의 길을 걷기 시작했으며, 여성의 권리와 참정권을 주장한 초창기 여성 운동의 선도적인 인물이다.《여성 참정권의 역사》를 공동 편집했고, 자서전《80여 년, 1815-1897》을 썼다.

—— **헨리 데이비드 소로** 미국의 철학자, 시인, 수필가. 20세기 사상가들에게 지대한 영향을 미친 《시민 불복종》, 2년간 호숫가 오두막집에서 홀로 지냈던 생활을 묘사한 《월든》 등 힘이 넘치며 예리한 감성이 돋보이는 여러 권의 시집과 철학서, 자연사 책을 출간했다.

—— **에밀리 디킨슨** 미국의 시인. 평생을 은둔자로 살며 1,800여 편에 달하는 시를 남겼다. 사랑, 죽음, 영원 등의 주제를 다룬 간결하고도 도전적인 시들이 사후에 공개되며 위대한 시인으로서 명성을 얻었다.

—— **엘리스 메이넬** 영국의 시인이자 수필가. 영국과 이탈리아에서 성장했으며 스물여덟 살에 첫 시집 《서곡》을 출간했다. 잡지 편집자이자 저널리스트로 왕성하게 활동하는 한편, 여성 참정권 운동에 앞장섰다.

—— **메리 E. 윌킨스 프리먼** 미국의 소설가. 생계를 위해 10대 때부터 동화와 시를 썼다. 여성의 역할과 사회에서의 관계를 다룬 소설들을 발표했으며, 대표 저서 《변변찮은 로맨스》《뉴잉글랜드 수녀》《펨브로크》등이 있다.

—— **버지니아 울프** 영국의 소설가, 수필가, 비평가. 20세기 영미 모더니즘 문학을 대표하는 작가로 손꼽힌다. 페미니스트 문학 비평의 초석이 된 에세이 《자기만의 방》을 비롯해 소설 《댈러웨이 부인》 《등대로》 《올랜도》 등을 썼다.

엮은이 재커리 시거 작가이자 편집자, 영미문학 연구자. 옥스퍼드를 기반으로 연구와 저술 활동을 하고 있으며 대부분의 시간을 혼자서 보낸다. 엮은 책으로 영국 맥밀란 출판사의 문학 선집 시리즈인 《어떤 고독은 외롭지 않다》 《자연 속 우리의 장소》가 있다.

옮긴이 **박산호**

번역가, 소설가, 에세이스트. 한양대학교에서 영어교육을, 영국 브루넬대학교 대학원에서
영문학을 전공했다. 로렌스 블록의 《무덤으로 향하다》 번역을 시작으로 《세계대전 Z》 《토
니와 수잔》 《카리 모라》 등 다수의 스릴러 명작을 비롯해 《월키 콜린스》 등 고전 문학, 《사
브리나》 《하트스토퍼》 등 그래픽 노블에 이르기까지 다양한 작품을 우리말로 옮겼다. 지
은 책으로 《번역가 모모 씨의 일일》(공저) 《어른에게도 어른이 필요하다》 《생각보다 잘 살
고 있어》, 장편소설 《너를 찾아서》 등이 있다.

어떤 고독은 외롭지 않다

우리가 사랑한 작가들의 낭만적 은둔의 기술

초판 1쇄 2022년 11월 25일
초판 2쇄 2023년 1월 25일

엮은이 | 재커리 시거
옮긴이 | 박산호

발행인 | 문태진
본부장 | 서금선
책임편집 | 허문선   편집 3팀 | 이준환   표지 그림 | Guim Tió

기획편집팀 | 한성수 임은선 임선아 최지인 이보람 송현경 이은지 유진영 장서원 원지연
마케팅팀 | 김동준 이재성 문무현 김윤희 김은지 김혜민 조용환
디자인팀 | 김현철 손성규   저작권팀 | 정선주
경영지원팀 | 노강희 윤현성 정헌준 조샘 조희연 김기현 이하늘
강연팀 | 장진항 조은빛 강유정 신유리 김수연

펴낸곳 | ㈜인플루엔셜
출판신고 | 2012년 5월 18일 제300-2012-1043호
주소 | (06619) 서울특별시 서초구 서초대로 398 BnK디지털타워 11층
전화 | 02)720-1034(기획편집) 02)720-1024(마케팅) 02)720-1042(강연섭외)
팩스 | 02)720-1043   전자우편 | books@influential.co.kr
홈페이지 | www.influential.co.kr

한국어판 출판권 ⓒ ㈜인플루엔셜, 2022

ISBN 979-11-6834-066-4 (03800)